Vitaliano Brancati

Don Giovanni in Sizilien

Roman

Aus dem Italienischen von Hans Hinterhäuser

Diogenes

Titel der Originalausgabe:
›Don Giovanni in Sicilia‹

Die Übersetzung von Hans Hinterhäuser
erschien zum ersten Mal 1958
und wurde von ihm für diese
Ausgabe überarbeitet.
Umschlagillustration: Fernando Botero
›Etude au modèle masculin‹, 1972
(Ausschnitt)

80/87/8/1
ISBN 3 257 01757 X

I

Giovanni Percolla zählte vierzig Lenze und lebte seit zehn Jahren mit seinen drei Schwestern zusammen, deren jüngste versicherte, sie sei ›Kriegerwitwe‹. Jedesmal wenn sie diese Behauptung aufstellte, hatte sie merkwürdigerweise gleich einen Bleistift und ein Stück Papier zur Hand und begann Zahlen aufzuschreiben, die sie mit folgenden Worten begleitete:

»Als ich im heiratsfähigen Alter war, brach der Weltkrieg aus, der Italien sechshunderttausend Tote und dreihunderttausend Versehrte kostete. Demnach verloren die Mädchen der damaligen Zeit mit einem Schlag fast eine Million Heiratschancen. Nun – eine Million ist eine Million! Ich glaube, es ist kein Hirngespinst, wenn ich denke, daß einer jener Toten mein Mann hätte werden können.«

»Nein, du hast recht!« bestätigte die zweite der Schwestern. »Recht hast du! Du warst bildhübsch, damals im Krieg!«

Sie hießen Rosa, Barbara und Lucia und liebten sich zärtlich – so sehr, daß jede, unfähig zum eigenen Vorteil die kleinste Lüge auch nur zu denken, gerne log, um der andern eine Freude zu machen.

»Ja Rosa, du wärst jetzt die Frau eines Obersten!« wiederholte Barbara. Diese Behauptung gründete sich auf ein Erlebnis aus dem Jahre 1915: als die drei eines

Abends durch ein dunkles Gäßchen nach Hause gingen, schien es, als folge ihnen eine hochgewachsene, säbelrasselnde und sporenklirrende Gestalt.

»Aber nein!« wehrte Rosa ab. »Der Hauptmann war doch ganz mit sich selbst beschäftigt!«

»Herzchen«, versetzte Barbara darauf. »Wenn man mit sich selbst beschäftigt ist, sagt man nicht: ›Mein Fräulein, morgen fahre ich zur Front, darf ich Ihnen einen Brief schreiben?‹«

»Vielleicht sagte er's zu dir?«

»Nein, nein, nein; nein, nein, nein!«

»Er wird es zu Lucia gesagt haben!«

»O Himmelsgeschöpf«, rief Lucia aus, »Barbara erinnert sich vielleicht nicht mehr daran, weil sie mit dir vorausging; aber ich, die ich noch einen Augenblick verweilte, um das Tor zu schließen, ich hörte deutlich einen Seufzer und die Worte: ›Fräulein Rosa!‹«

»Nun ja, es kann schon sein! ... Mein Gott, wie viele sind nicht zurückgekehrt von denen, die damals in den Cafés lärmten und unter den Balkonen spazieren gingen!«

Solcherlei Reden führten sie niemals in Gegenwart Giovannis. Sobald dieser die Schwelle des Hauses überschritt, betätigte die Pförtnerin eine am Fenster angebrachte Klingel und verkündete: »Der Herr kommt die Treppe herauf!« Mit dem unterdrückten Schrei: »Der junge Herr Giovanni!« schlurfte das alte Dienstmädchen zur Tür, und die drei Schwestern begannen nach allen Seiten zu rennen, während Teller klapperten, Fensterläden knarrten, Streichhölzer aufzischten und Schubladen sich ächzend schlossen.

»Hast du geschwitzt?« fragte Barbara und breitete ein langärmliges Unterjäckchen vor sich aus.

»Hm, vielleicht!« antwortete er, klemmte das Jäckchen unter die linke Achselhöhle und ging in sein Schlafzimmer. Eine halbe Stunde später kam er zu Tisch, wo er die Schwestern schon auf ihrem Platz fand, den Blick auf die Tür gerichtet und den noch unbenutzten Löffel in der Rechten. Während des Essens tauschten sie wenige, aber höfliche Worte. Niemals hatten sich die drei Frauen ihm gegenüber eines Gefühls der Befangenheit erwehren können: die Tatsache, daß er wenig sprach, sich niemals beklagte und alles gut, nett und untadelig fand, daß er pünktlich am Monatsende ein hübsches Gehalt nach Haus brachte, daß er aufs Haar ihrem Papa auf dem großen Porträt und der farbigen Gipsfigur ihres Großvaters glich (wie Barbara meinte) und daß er endlich, wenn er in der Nacht nach Hause kam, auf Zehenspitzen ging, um sie nicht im Schlaf zu stören, erweckte in den Frauen eine solche Ehrfurcht, daß es keine gewagt hätte, in seiner Gegenwart von jenem Hauptmann aus dem Jahre 1915 oder überhaupt von Heiratsplänen zu sprechen. Man nehme hinzu, daß sie niemals mit dem Bruder zu Abend gegessen hatten: er pflegte tief in der Nacht zurückzukehren, und mit der gleichen behutsamen Lautlosigkeit, mit der er den Flur durchschritt, wikkelte er die hartgesottenen Eier und die übereinandergelegten Teller aus den Servietten und vertilgte nach und nach alles, was die Frauen zwischen dem Ave Maria und dem Rasseln der ersten Droschken, die zum nahen Theater fuhren, für ihn vorbereitet hatten. Diese

Gewohnheit, Giovanni nie beim Abendessen zu sehen, war so mächtig geworden, daß Lucia, eines Nachts mit Magenkrämpfen erwacht, eine Stunde lang im Flur hinter der geschlossenen Tür wartete, bis er zu Ende gegessen und das Eßzimmer verlassen hatte, wo sie in einem Schränkchen die Natrontüte verwahrte.

Ein paarmal hatte Barbara versucht, mit einer Frage in des Bruders Arbeitsleben einzudringen: »Giovanni, kommen viele Leute ins Geschäft?« Darauf strich er sich mit einem Finger über den Lidrand, öffnete den Mund und gähnte schließlich ein: »Hm!«

Das vermehrte die Ehrfurcht vor einem Leben, das er fern von ihren Blicken führte; und die ungeheure Höhlung, die er bei der nachmittäglichen Siesta in sein Bett grub, wurde von dem Schwesterntrio gemeinsam eingeebnet, indem sie mit einer fast religiösen Inbrunst Decken und Federbetten durcheinanderschüttelten und die Matratze auf den Kopf stellten. Das waren die Spuren der Ruhe eines Arbeitsmenschen, genauso fest und tief, wie die Arbeit selbst gewesen sein mußte.

Am Morgen hielten sie sich meist im Eßzimmer auf, dem von seinem Schlafzimmer am weitesten entfernten Punkt des Hauses, und wagten keinen Schritt außerhalb dieses festumgrenzten Raumes zu tun, um ihn nicht mit dem Quietschen ihrer Schuhe vor halb zehn zu wecken. Wenn er dann gähnend, mit wirrem Haar, aber seelengutem Blick, den Frühstückstisch musternd, erschien, dann erreichte die Ehrfurcht im Herzen der Schwestern ihren Höhepunkt.

Giovanni hätte sich nur beklagt, wenn er in seiner irdenen Waschschüssel nicht sein kochendheißes Wasser vorgefunden hätte. Auch im Sommer beschlug der Spiegel, in dem er sich beim Abtrocknen betrachtete, von dem Dampf, der von seinen Wangen und Schultern aufstieg. »Heißes Wasser wärmt im Januar und erfrischt im Juli!« pflegte er zu sagen. Um zehn war er schon auf der Treppe und grüßte von der Tür mit dem feststehenden Satz: »Ich gehe arbeiten!« Dieser Satz, der im Zeitwort ›arbeiten‹ gipfelte, blieb im halbdunklen Treppenhaus hängen und schien ihn bis zu seiner Rückkehr zu erwarten...

Und doch war das Leben dieses Mannes beherrscht vom Gedanken an das Weib! Wenn die drei Schwestern dermaleinst im Tal von Josaphat erfahren werden, woran Giovanni in den langen Nachmittagsstunden dachte, wovon er mit den Freunden sprach, wie sich seine Arbeit im Geschäft darauf beschränkte, mit den Augen der Tätigkeit seines Onkels und seiner Vettern zu folgen, dann werden die armen Frauen wohl ihren Blick mit demselben Ausdruck zu Gott erheben wie die Schülerinnen zu dem Herrn Professor, der sie eines Schabernacks gewürdigt hat. Wie denn, Giovanni? Ihr ernster, ihr guter, ihr ehrwürdiger Giovanni!

Doch ja, so war es! Giovannis Kopf war angefüllt mit dem Worte WEIB (und mit welch andern Wörtern mehr, mein Gott!). Erzählen wir in Kürze sein Leben, auf die Gefahr hin, daß der Leser fragt: »Aber von was für einem Giovanni berichten Sie denn da?«

Giovannino kam einen Tag später als vorgesehen zur Welt. Vierundzwanzig Stunden lang warfen die Verwandten auf den Schoß der Mutter Blicke, wie man sie auf ein frühes Grab senkt. Die Gebärende war eben sechzehn Jahre alt geworden und hatte nachts eine solche Angst vor Einbrechern, daß ihr Gatte stundenlang ihr Händchen halten mußte, obschon er manchmal zu ihr sagte: »Aber zum Teufel, du hast doch einen Mann, einen Kürassier im Leib!« Das Kind, der Kürassier, der nicht zum Vorschein kam, wurde bereits als tot betrachtet, und der Vatersvater beweinte ihn trokkenen Auges und mit seltsamen Kehllauten, die sich wie Hustenanfälle anhörten.

Aber Giovanni war nicht tot, sondern betrat unversehens, fast mit einem einzigen Ruck, die Bühne der Welt. »Spät ist er gekommen, aber er ist schön!« sagte die junge Frau, als man ihr ihn in die Hände legte. Dieses Wort *spät*, mit dem ihn das erste weibliche Wesen, das ihn sah, begrüßte, lastete unheilschwanger auf seinem Leben, wenn auch in einer seiner eigentlichen Bedeutung genau entgegengesetzten Weise. Giovanni wurde ein frühreifes Kind, das die einzelnen Entwicklungsstadien im Eiltempo hinter sich brachte, und die Natur mußte sich beeilen, ihm ihre Geheimnisse anzuvertrauen. Wenige Jahre nach seiner Geburt hörte er bereits – unter einem Wagen, dessen Deichseln gen Himmel ragten – vom WEIBE raunen. Die Straße war einsam: nur ein schwarzgekleidetes altes Weiblein sah man am anderen Ende vor seiner Haustür sitzen, die niedriger war als die Bewohner; und diese zog, wie ein Modellschiffchen während der Besprechung einer Seeschlacht, alle Blicke der Knäblein auf sich, als man den Gegenstand des Gesprächs beim Namen nannte. Giovanni schwieg und spielte nur dann und wann mit dem Stroh, das über die Erde verstreut lag. Seit jenem Tag aber kam ihm das Wort ›Weib‹ auch nicht eine Minute mehr aus dem Sinn. Wie ist es beschaffen? Und wie nicht? Was hat es mehr, was weniger? Der Junge, schon von Natur aus träge, wurde bei einer solchen Menge quälender Fragen langsam wie eine Schnecke.

Obgleich Giovannino noch in einem Alter war, in dem einen die Frauen in einem Salon, wo es an Stühlen fehlt, mit einem Schmatzer auf ihre Knie heben und die älteste Cousine einen in einem Haus auf dem Land, das unversehens von Gästen heimgesucht wird, mit zu sich in ihr Bett nimmt, errötete er derart, wenn eine weibliche Hand ihm über den Kopf strich, daß niemand mehr sich mit ihm zu beschäftigen wagte. Die Folge war, daß er noch einsamer, träger und schweigsamer wurde. Zwischen ihm und den Frauen herrschte immer ein unbestimmbarer Abstand, den er mit jähen Blicken seiner gesenkten Augen auszufüllen pflegte. Seine Erregung war um so größer, je größer dieser Abstand wurde. Den Gipfel der Glückseligkeit erreichte er des Nachts, wenn sich über einem Gewirr von Dächern, Terrassen und schwarzen Kirchtürmen, fast mitten in den Wolken, ein kleines Fenster rötlich erleuchtete, an dem eine weibliche Gestalt vorüberging, die sich angesichts der späten Stunde über kurz oder lang entkleiden mußte. (Was natürlich niemals bei offenem Fenster und brennendem Licht geschah.) Aber es genügte schon der Anblick eines seidenen Unterrocks auf dem Fußboden oder die Bewegungen eines Schattens auf einem Frauenbett im Nebenzimmer, daß Giovannis Stirn sich mit Schweißperlen bedeckte.

Diese Erregungszustände gingen um ein paar Jahre einer häßlichen Gewohnheit voraus, der alle Jungen seines Alters frönen und die er einige Monate lang bis zum Exzeß betrieb.

Danach wurde unser Giovanni zum Glück wieder normal, nicht zuletzt deshalb, weil er den allzu starken Empfindungen die sanfteren und anhaltenderen einer Plauderei über das gewohnte Thema vorzuziehen begann. Für solche Gespräche fand er in Catania ohne Mühe die geschicktesten Partner, die ihm lieb wurden wie gewisse innere Stimmen, ohne die wir nicht leben können. Das *Uhuuu* zum Beispiel, mit dem Ciccio Muscarà eine füllige Dame bei ihrem Vorübergehen bedachte, versetzte ihn in einen Taumel des Entzükkens. Und er hätte einen freudlosen Sonntag verbracht, wenn er die Woche über nicht wenigstens zwanzigmal jene tiefe Klage, jenes Aufseufzen der Eingeweide vernommen hätte.

Bevor er das Weib kennenlernte, verbrachte er, zusammen mit Ciccio Muscarà und Saretto Scannapieco, lange Abende im Dunkel gewisser Gäßchen, in die Ecke gedrückt wie ein Mistkäfer und ständig in Gefahr, von einem trunkenen Matrosen totgetrampelt zu werden. Manchmal tat sich eine Tür mit einem Fußtritt auf, ein plötzlicher Lichtschein erhellte die drei Gefährten, und eine rauhe Stimme forderte sie mit grimmigem Hohn zum Eintreten auf, so daß sie schleunigst Reißaus nahmen und erst im Stadtzentrum wieder haltmachten.

Eines Abends – Giovanni war naß bis auf die Haut geworden, und das Wasser quietschte in seinen Schuhen – zog ihn ein Frauenzimmer zu sich herein und schloß die Tür. Der Vorgang war rasch, fad und verworren. Die stärkste Empfindung hatte er, als er die noch feuchten und kalten Kleider wieder auf seinem fieberglühenden Körper fühlte. Er erkrankte am gleichen Abend und erzählte am nächsten Tag, von Hustenanfällen unterbrochen, sein Erlebnis den beiden Freunden, die an seinem Bett saßen. Vielleicht hätte sich nun die Kluft zwischen ihm und dem Weib in einer nicht wiedergutzumachenden Weise vertieft, wenn es nicht ein Dienstmädchen vom Land auf sich genommen hätte, ihm die Wahrheit über die Frau in einer seinen Vorstellungen nicht allzu unwürdigen Weise zu enthüllen.

Inzwischen war der Krieg ausgebrochen, und Ciccio Muscarà machte die Entdeckung, daß die Frauen der Vaterlandsverteidiger in ihren großen, einsamen Betten ›froren‹. Da war eine in der Via Decima... Uhuuu! Das Fenster einer andern ging auf einen kleinen Innenhof... Uhuuuu! Eine dritte hauste im obersten Stockwerk eines großen Mietspalastes... Es handelte sich lediglich darum, herauszubringen, welche unter all den vielen ›zugänglich‹ waren, und dann den richtigen Augenblick abzupassen. Dieser ließ sich erraten an dem Blick, den sie aus ihrem Umschlagetuch hervorsandten, wenn sie sich in der Kirche von der Betbank erhoben.

Von da an verbrachten Giovanni Percolla und Ciccio Muscarà einen beträchtlichen Teil des Tages zu Füßen der großen Statuen in den Kirchen von Catania; ihre Kleider rochen nach Weihrauch, und die Geistlichen, die sie immer auf dem gleichen Platze sahen, wenn sie ihre Augen vom Altar her über die Gläubigen schweifen ließen, zuckten nervös mit den Brauen. Aber den Burschen war kein großer Erfolg beschieden. Sie wurden deshalb verwegener und drückten sich in der Nähe der Beichtstühle herum, obschon eines Nachmittags Ciccio Muscaràs Nase zwischen den kräftigen Fingern eines Beichtvaters landete, während das lakkierte Holzgehäuse von dem Wort »Kanaillen!« erdröhnte.

Was sie aufschnappten, lieferte ihren abendlichen Gesprächen über die Leiden der gattenlosen Frauen wenig Stoff und ihrer Strategie wenig Anhaltspunkte. Das Beichtgitter wurde weit mehr von Worten der Verzagtheit als der Unruhe des Fleisches angehaucht. Und da die beiden im Grunde brave Burschen waren, sahen sie einander oft mit Tränen in den Augen an. »Herr Kaplan, wenn ich am Abend Brot und Käse esse, träume ich von dreibeinigen Tieren, wenn ich mich aber nüchtern schlafen lege, dann sehe ich meinen Mann wie damals, als er sechzehn war, wo er immer mit dem Kopf nach unten vom oberen Stockwerk zu meinem Fenster hereinkam. Soll ich lieber nüchtern zu Bett gehen?« Das war der einzige Satz, den sie lückenlos zu hören bekamen.

Doch erst gegen Ende des Krieges gaben sie zu, daß sie ihre Zeit vergeudet hatten und daß ihr Alter es ihnen nicht mehr gestattete, sich in eitlen Hoffnungen zu wiegen. Und es mußte erst das 20. Regiment mit der zerschlissenen Fahne und dem Präfekten an der Spitze in Catania einziehen, damit die beiden Freunde sich entschlossen, auf die süße Gewohnheit des Kirchenbesuchs zu verzichten.

Statt dessen begannen sie jetzt einige kleine Wohnungen zu ebener Erde oder im vierten Stock aufzusuchen, auf deren bildergeschmückten Wänden an erhabener Stelle das Familienoberhaupt prangte, das seine Herrscherblicke bis in die letzten Winkel fallen ließ; das jedoch, trotz der ständigen Angst vor seinem plötzlichen Eintreten (»Mein Gott, wenn er so etwas auch nur ahnte!«), niemals jemand die Schwelle hatte überschreiten sehen.

Giovannis Notizbuch (unser Held hatte inzwischen die Schule für immer verlassen und im Stoffgeschäft des Onkels Giuseppe eine Anstellung gefunden) füllte sich mit dem Worte *Kuppl.*

Fast auf jeder Seite stand ein Name, und daneben die seltsamen Buchstaben: Boninsegna, Via del Macello, Kuppl.; Torrisi, Via Schettini, Kuppl.; Leonardi, Via Decima, Kuppl... Wer waren die Träger dieser Namen? Gewöhnlich Droschkenkutscher und Bettler, die sich erboten, die jungen Herren zu gewissen Mansarden zu führen, in denen sich ein schlecht angemaltes Mädchen mit geheuchelter Schüchternheit hinter einer heuchlerisch erschrockenen und reuigen Mutter verbarg, die im übrigen nicht die Mutter, sondern eine Nachbarin war.

Der berühmteste dieser Kuppler war Don Procopio Belgiorno; ein kleines Männchen mit einem einzigen Haarbusch mitten auf dem Kopf und einer Pupille, die in bedrohliche Nähe der Augenbraue gerutscht war. Stets ging Belgiorno schwarz gekleidet, trug eine tabakfarbene Weste, einen schmutzigen steifen Kragen; ein gleichfalls schmutziges Schnupftuch bauschte sich in seinem Jackentäschchen, und in seinem Knopfloch steckte eine zerknitterte Blume. Und trotzdem wirkte er nicht abstoßend, sondern erinnerte eher an eine altersgeschwärzte Statue, wenn er sich zu einem seiner Schützlinge herunterbeugte und ihm ins Ohr flüsterte: »So was ha'm Sie noch nicht erlebt!... Vor sechs Tagen hat sie zum ersten Mal!... Fünfzehn Jahre alt!« Worauf der junge Mann mit vor Erregung erstickter Stimme zu stammeln pflegte: »Don Procopio, ist es auch bestimmt keine alte Schlampe wie das letzte Mal?«

In der Tat war es niemals vorgekommen, daß Don Procopio nicht die Treppe hinuntergeworfen wurde, die er zuvor mit einer Gruppe junger Kavaliere erklettert hatte; und niemals hatte man es erlebt, daß die jüngste seiner Fünfzehnjährigen nicht mindestens auf dreißig bewegte Lebensjahre zurückblickte. Die jungen Leute wußten das nur zu gut; aber die Beredsamkeit Don Procopios wirkte immer wieder hinreißend in einer Stadt wie Catania, wo man die Gespräche über die Frauen mehr als die Frauen selbst genoß.

»Sie sind doch hoffentlich nicht so dumm, sich das Mädchen allein ausziehen zu lassen? Bei der Madonna vom Stuhl! Mit eigener Hand muß Euer Gnaden die paar Sächelchen herunterstreifen!« sagte Don Procopio leise beschwörend, während sie durch die dunklen Gassen trabten. Der eigentliche Genuß bestand für die jungen Leute darin, sich von Don Procopio dem unbekannten Haus entgegenführen zu lassen. Was dann vorfallen würde, wußten sie alle miteinander.

Don Procopio begann schon kehrtzumachen, bevor sich noch die alte, wurmstichige Tür des angepriesenen Paradieses auftat, und die jungen Abenteurer machten schon ihre Hände und Fäuste locker. Sobald dann das Licht anging und die Fünfzehnjährige ihre Runzeln und Warzen enthüllte, stürzte Don Procopio wie eine aufgeregt gackernde Henne davon; aber noch im Haustor wurde er eingeholt und fürchterlich durchgebleut, so wie man in einem Augenblick des Zorns auf seinem eigenen Hut herumzutrampeln pflegt.

Und doch – die schönsten Frauen, die Catanias Männer je erblickt haben, waren die, deren Stimme Don Procopio hören, deren Hals, Füßchen und Zähne er sehen ließ, während er seine Kunden von der Stadtmitte zu jener dunklen Stiege brachte. Man kann schon sagen, daß diese Männer ein hartes Schicksal hatten: den Dichter ihrer Liebesträume verprügeln zu müssen, den Mann, der in ihren Augen las und ihnen leise die versprach, die jeder sich gewünscht hätte, und der dann doch nur das zu geben vermochte, was eben das Leben in solchen Fällen gewährt. Vor der wurmstichigen Tür war seine Aufgabe zu Ende: das fühlten alle. Freilich hätte der Abschied von den verführerischen Bildern und dem, der sie hervorgezaubert, ein bißchen weniger brutal sein können.

Auch Giovanni Percolla, Ciccio Muscarà und Saretto Scannapieco fielen dieser Beredsamkeit zum Opfer und benahmen sich am Ende des Abenteuers nicht weniger roh als die andern; auch sie berauschten sich in den abenddunklen Gäßlein, deren Gaslaternen jeden Nachmittag von den Lausbuben mit Steinen zertrümmert wurden, an jener raunenden Stimme: »Oh, ein süßes Geschöpf!... Uhuuuu!... Überstürzen Sie ja nichts!... Sie haben doch hoffentlich nichts dagegen, wenn sie dann auf einmal zu girren anfängt wie eine Turteltaube? Sie hat nun mal diese Angewohnheit!« Und auch sie ließen den Alten ihre Fäuste spüren, wenn sich anstelle des angekündigten Turteltäubchens eine weitgewanderte Brieftaube zeigte.

Im übrigen zogen hinter diesen Wunschbildern – durch Schmutz, Kehricht und Scharen von Hühnern und schwarzen Katzen – nicht nur obskure Leute her. Der Bürgermeister in Person ließ sich eines Sonntagabends vom sinnverwirrenden Geflüster Don Procopios verführen. »So, da wären wir, Herr Bürgermeister!« sagte dieser endlich, indem er die illustre Persönlichkeit zu einer niedrigen Tür hineinschob. Diesmal war die Frau, zu der Don Procopio seinen Kunden geführt hatte, um dann schleunigst Reißaus zu nehmen, keine Alte, sondern wahrhaftig ein junges Mädchen. Nur war dieses seit sechs Tagen von einem geheimnisvollen, hohen Fieber befallen. Der Bürgermeister wurde von verzweifelt gellenden Schreien empfangen, da man ihn mit dem Arzt verwechselte.

»Herr Doktor!« heulte ihm die Mutter entgegen, indem sie ihn an den Mantelaufschlägen schüttelte. »Herr Doktor, es darf nicht geschehn! Herr Doktor, das Gegenmittel! Das Gegenmittel! Heben Sie's nicht für die Reichen auf! Das Gegenmittel, Herr Doktor!«

In einem zweischläfrigen Bett lag unter einem breiten Fächer von Bildern verschiedener Heiliger, des Königs, Garibaldis und eines stattlichen Brautpaars auf dem Rückweg von der Kirche ein ovales, vom Leiden und Hunger gezeichnetes Gesichtchen. »Barbara!« rief die Mutter. »Schau mich an, Herzchen! Der Doktor ist da! Er hat das Gegenmittel dabei!... Oh, sie hört nicht! Oh, man hat sie behext! Der Bürgermeister. Dieser Hund von einem Bürgermeister hat uns verkauft und verraten! ... Bitte, Herr Doktor, holen Sie doch endlich Ihr Gegenmittel aus der Tasche!«

»Aber, ich bin... ich bin doch gar nicht der Doktor!« stammelte der Bürgermeister mit tonloser Stimme.

Es entstand eine Pause, während sich von jenem Gesichtchen, ab- und anschwellend, ein leichtes Summen erhob, wie wenn der Wind über die Saiten einer Gitarre streicht. »Nicht der Doktor? Wer sind Sie dann?«

»Ich... ich weiß nicht. Das Ga... Ganze ist ein Irrtum!«

»Ah, Ihr wißt nicht, wer Ihr seid? Schert Euch zum Teufel! Fort mit Euch, geiler Bock! Macht, daß Ihr rauskommt!«

Der Bürgermeister gewann mit knapper Not, wenn auch nicht ganz ungeschoren, das Freie: drei Tage später trug beim Begräbnis der kleinen Barbara eines der Kinder den halben Überzieher des Bürgermeisters, mit dem es wie eine Fledermaus aussah, während die andere Hälfte, in eine Kostümjacke verwandelt, sich über dem Busen der trauernden Mutter spannte.

Das war der erste Fall von spanischer Grippe in Catania und der Beginn einer ganzen Reihe trauriger Begebenheiten.

Eines Abends kam Giovanni Percollas Vater, die Pfeife schief im Mund und mit einem unheilverkündenden Gesicht, nach Hause. »Ich schwitze«, brummte er, »bin ganz naß geschwitzt! Ich glaube, mich hat's erwischt!«

»Hast du Fieber?« fragte ihn seine Frau, indem sie sich auf die Fußspitzen stellte, um seine Stirn zu befühlen.

»Ich glühe!«

Man steckte ihm ein langes Thermometer in den Mund, aber zu des alten Percolla Enttäuschung zeigte es nur sechsunddreißig Grad. »Hurra, du hast kein Fieber!« rief seine Frau händeklatschend.

»Gut, ich hab keins, aber übel ist mir doch! Und mit dem Thermometer da, weißt du, was ich mit dem mache?« Ohne die Antwort abzuwarten, zerbrach er das Glasröhrchen in tausend Stücke. »Marsch, wärmt mir das Bett!« schrie er dann. »Ein warmes Bett will ich!«

Sogleich flog, von der Puste sämtlicher Familienmitglieder angefacht, ein mit Kohlen gefülltes Bügeleisen zwischen die Bettlaken, und der alte Percolla legte sich nieder.

»Verflucht, das ist das Ende!«

Er verlangte, daß man sämtliche Pfeifen hereinbrachte, aus denen er je geraucht hatte, und dazu den Überzieher und den Schlapphut. In einer Ecke wurden die Spazierstöcke zusammengestellt.

»Der da!« sagte er, indem er auf ein Bambusrohr wies, dessen Griff mit einem Hundekopf verziert war. »Der da!...«

»Willst du ihn?« fragte die Frau leise, während ihr die Tränen über die Wangen zu laufen begannen.

»Mit dem hab ich immer auf deinen Gartenzaun geklopft, bis du ans Fenster gekommen bist!«

Doch als sie den Lehnstuhl hereintrugen, in dem er die langen Abendstunden zu verbringen pflegte, richtete er sich mit einem Ruck im Bette auf. »Hier!« schrie er. »Da bin ich gesessen! Ein Edelmann, ein Ehrenmann saß in dem Sessel da! Und jetzt, verdammte Sch..., jetzt soll dieser Ehrenmann vor die Hunde gehn!«

Der gute Alte hatte sich niemals einer besonders zartfühlenden Ausdrucksweise befleißigt; doch nun nahmen seine Kraftausdrücke so schreckliche Ausmaße an, daß seine Frau an den fernsten Ort des Hauses floh und sich noch die Finger in die Ohren steckte, denn auch bis dorthin gelangten, sobald sich eine Zwischentür öffnete, des Kranken dröhnende Obszönitäten.

In der Nacht wurde Kommerzienrat Percolla vom Fieber befallen, und seine angstgeweiteten Augen richteten sich auf die Tür, als sähen sie etwas, was die andern nicht wahrnehmen konnten. Verwünschte Zeiten! Ein paar Tage später erkrankte auch die Gattin und schrie noch im Fieberwahn unaufhörlich: »Sorgt für meinen Mann! Er friert so leicht!«

Die junge Frau wurde im Wohnzimmer vom Tod überrascht, als sie sich heimlich in die Krankenstube des Gatten schleichen wollte, um nachzusehen, ob man noch eine Decke mehr über seine Füße gebreitet hatte. Man fand sie, im weißen Unterkleid vor einem hohen

Spiegel sitzend, den Kopf nach vorn gebeugt und ganz von ihren Haaren bedeckt. Zwei Tage später ging auch der Alte, nachdem er schon seit einer Woche verstummt war, ins Jenseits ein.

Giovanni, der allgemein für kalt und träge gehaltene Giovanni, überließ sich mit solcher Leidenschaft seinem Schmerz, daß ihm die Nachbarn, trotz der Furcht vor Ansteckung, die Beine festhalten und die Hände vom Mund wegziehen mußten. Zwei volle Tage lang sprach er unaufhörlich; kein Wort, das der sonst so verschlossene Junge ungesagt gelassen hätte. Er sprach, wie er dachte. »Die Matrosenmütze!« murmelte er vor sich hin. »Mein Vater warf sie in die Luft, genau wie ich!... Kind!« brüllte er plötzlich, indem er sich auf einen schreckensbleichen Herrn stürzte, der sich gerade noch hinter einem Stuhl in Deckung bringen konnte. »Mein Vater ist ein Kind gewesen wie ich!« Dann beruhigte er sich langsam. »Die schwarze Katze! ... Stechmücken! Eine einzige genügt! Eine einzige Mücke! ... Kind! ... Sie! ... Kalt! ... Schaut doch, den Mann friert's! ... Und sie, im Sessel! ... Oh, in einem Sessel! Heiß ist's! ... Herr Pfarrer, morgen ist Fasttag für meinen Mann, weil er geflucht hat! ... Er hat mehr Hörner als ein Korb voll Schnecken! ... Oh, sprich doch nicht so von den Leuten! ... Was kann dir an den Leuten liegen, Rosina? ... Sie beteten sich an! ... O Schmerz, o Schmerz! ...« Und er fiel in Ohnmacht.

Es schien, als solle der Junge zerbrechen wie ein Schilfrohr im Wind. Aber eine Woche später war er wieder zu seiner Verschlossenheit und Schweigsamkeit zurückgekehrt; er wünschte nachts allein im leeren Haus zu bleiben und lief ziellos zwischen den Sofas und Betten herum, legte sich bald aufs eine, bald aufs andere, bald im Dunkeln, bald im vollen Lüsterglanz, in der Hand ein Buch, das er niemals las und immer wieder von sich warf, so wie ein gelangweilter Spaziergänger eine leere Blechbüchse mit einem Fußtritt fortstößt, um sie, wenn er sie eingeholt, mit einem neuen Tritt auf Reisen zu schicken. Aber bald kehrten die drei Schwestern, die immer bei den Großeltern gelebt hatten, ins Haus zurück. Und Onkel Giuseppe sagte zu ihm: »Na, mein Lieber, jetzt heißt's arbeiten!«

Es folgten drei Jahre, von denen wir nicht reden wollen; am Ende dieser Zeit hatte Giovanni voll und ganz zu seinen alten Gewohnheiten zurückgefunden.

2

Jetzt hatte er ein großes Zimmer ganz für sich allein, in dem er schlafen konnte, wie immer er es vorzog: auf dem Bett ausgestreckt, der Kopf außerhalb des Kissens und der Matratze herunterbaumelnd, was die Katze als eine Aufforderung zur Vertraulichkeit betrachtete, so daß sie seine Nase und sein Kinn mit dem Pfötchen berührte; oder in einen tiefen Lehnstuhl vergraben, die Füße auf ein Tischchen gestützt; oder auf den Teppich hingelagert, die Beine auf zwei Kissen, auf denen Löwenköpfe gähnten; oder endlich in einem Schaukelstuhl sich wiegend, so daß der Spiegel das Konterfei bald seines Kopfes, bald seiner Knie zurückwarf.

Hier suchten ihn die Freunde auf, und auch sie ließen sich auf Kissen, Schlummerrollen und Lederpuffs fallen, und bald war das Zimmer mit einem so dichten Zigarettenrauch gefüllt, daß die Vorübergehenden aus dem halboffenen Balkonfenster eine Art graues Leintuch entweichen sahen, das im Winde flatterte. Tabak, Kaffee, Liköre. Giovannis Schwestern, die man in strenger Entfernung vom Versammlungszimmer hielt, glaubten, die drei Freunde sprächen von Geschäften ... Statt dessen erzählten sie sich stöhnend vom Vergnügen, welches das Weib gewährt.

»Ich«, sagte Scannapieco, »mache eine schlimme Zeit durch! Ewig unbefriedigt! Ich kann keinen weiblichen Knöchel sehen, ohne daß ... Uhuuuu! Für mich gibt's zu wenig Frauen auf der Welt.«

»Und ich erst!«

»Ich möcht' nur wissen, warum das Weib eine solche Macht über uns haben muß! Wenn ich mir diese Kontinentalen betrachte, wie ruhig und unbekümmert sie sind! ... Niemals hört man sie vom Thema sprechen!«

Sie wurden selbstkritisch: »Vielleicht kommt's daher, daß man in Catania alle tausend Jahre mal eine Frau zu Gesicht bekommt!«

»Die Sonne nicht zu vergessen!«

»Was zum Teufel willst du mit deiner Sonne? Vor zwei Jahren hab' ich in Wien einen Winter erlebt ... die reinste Polarnacht! Glaubst du, daß ich deshalb ... Heilige Mutter Gottes, das waren Stunden! ›Hast du denn Feuer in den Adern?‹ stöhnte die Haustochter.« –

Ab und zu erfüllte sich ihr Wunsch, den Abend in einem gastlichen Haus zu verbringen, wo ein paar Fräulein den Kaffee servierten. Zum Beispiel suchten sie die Familie Luciano auf.

Auf dem Weg dorthin beklagte sich Scannapieco darüber, daß der Mann der jüngsten Tochter während ihres ganzen Besuchs den Mund nicht auftat und ein Gesicht machte, als wolle er im nächsten Augenblick losheulen.

»Mein Gott, er könnte doch ein bißchen mehr Vertrauen zu uns haben!« meinte Muscarà.

Vor der Haustür angelangt, läuteten sie jedoch erst, nachdem Scannapieco seinen Bericht von einem höchst seltsamen Traum beendet hatte, den er in der Nacht zuvor geträumt: er hatte die jüngste der Luciano-Töchter gesehen, wie sie in einem rosafarbenen Morgenrock unbeweglich ausgestreckt auf dem Tisch des Eßzimmers lag, während die drei Freunde, zusammen mit einem Unbekannten in langen Wollunterhosen, wie sachkundige Chirurgen um sie herumstanden ... Bald darauf erschien die Schöne des Traums auf der Schwelle, und ausgerechnet mit dem rosafarbenen Morgenrock! Die drei Freunde erröteten wie Schuljungen, einer stolperte über die Fußmatte, und Giovanni Percolla setzte vor lauter Verwirrung der Gipsbüste des verstorbenen Ingenieurs Luciano seinen Filzhut auf.

Im Jahre 1927 begaben sich alle drei nach Rom, um mit einem Kaschmir-Grossisten zu verhandeln. Kaum waren sie jedoch in der Hauptstadt angekommen, vergaßen sie die Geschäfte und den Grund ihrer Reise. Sogar der Generalinspekteur, Exzellenz Cacciola, ein Onkel Muscaràs und eine einflußreiche Persönlichkeit, von der sie sich eine wirkungsvolle Unterstützung für ihre Einfuhrpläne aus Portugal versprachen, ließ rasch den Außenhandel Außenhandel sein und rief begeistert: »Habt ihr schon gesehen, was hier für Frauen herumlaufen?«

Wie von einem Zauberstab berührt, gaben die drei Freunde ihre zerknirschte und respektvolle Haltung auf, die Blässe der Langeweile wich aus ihrem Gesicht, und ein befreites Lachen brach aus ihrem Innern hervor: »Gott im Himmel, und ob!« Bald darauf standen sie am Fenster zwischen den Samtvorhängen, und Se. Exzellenz wies mit dem behaarten, ringgeschmückten Finger auf einen Schwarm blonder und fülliger Mädchen, die eben aus dem gegenüberliegenden Ministerium kamen: »Die bringen mich um, das kann ich euch versichern, sie bringen mich um!«

»Oh, ich verstehe, Exzellenz!« murmelte Scannapieco. »Einer, der Ihre Stelle bekleidet und Ihre Gelegenheiten hat, dürfte nur einen einzigen Wunsch haben: aus Eisen zu sein!«

Der Inspekteur leugnete nicht, daß ein bißchen Eisen sich auf seinen zerbrechlichen Männerkörper vorteilhaft auswirken würde und, geschmeichelt durch das Kompliment, räumte seinen Landsleuten größere Vertraulichkeiten ein ... Das Ende davon war, daß er zwischen den Zähnen hervorstieß: »Ich bin eben ein gesetzter Mann! Es widerstrebt mir, mein Amt auszunützen! Man muß sich zu beherrschen wissen!« Worauf er sie hinter einer Portiere verbarg, um sie Zeuge einer Audienz werden zu lassen, welche er einem bildhübschen Mädchen gewährte, mit dem er natürlich, wenn er nur nicht so furchtbar ernst und gesetzt gewesen wäre ...

Die drei Freunde, in der Samtportiere verborgen und Staub und Stoffasern fressend, stießen sich gegenseitig die Rippen blau, damit nur ja keinem eines der Wunder entging: das bißchen Fleisch, das da und dort zwischen den Kleidern des Mädchens aufblitzte; die Art, wie sie die Beine übereinanderlegte, wie sie, die Ellbogen auf den Tisch stützend, die Brust nach vorn wölbte. An einer gewissen Stelle des Zwiegesprächs wurde ihre Erregung so stark, daß sie den Vorhang bespeichelten, der vor ihrem Mund auf und nieder schwankte.

Nach diesem Besuch, der einen entscheidenden Einfluß auf den Gang ihrer Geschäfte hätte nehmen sollen, bekümmerten sich die drei aus Catania nicht mehr um Kaschmir, Preise und Frachtgebühren.

Eine Stunde des Morgens und eine des Nachmittags verbrachten sie auf der Piazza Fiume unter dem Schutzdach der Autobushaltestelle, um die einsteigenden Mädchen zu beobachten. Die Kleider spannten sich unter dem Druck der Hüften, wenn die Schönen das Bein auf den hohen Tritt setzten. »Das nimmt ja kein Ende! Immer neue, immer neue!« ächzte Scannapieco. »Und eine hübscher als die andere!«

Hübsch nannten sie vollschlanke Frauen, die größer waren als sie und rasch einherschritten.

»O Gott, o Gott!« seufzte Percolla. »Da, schau hin! ... Die andere mein ich, Schafskopf! ... die dort ... dort drüben, verfluchter Kerl!«

Sie litten, sie stöhnten, sie stießen sich die Ellbogen in die Seiten. Da blieb ein Autobus drei Minuten lang stehen, weil sich vor ihm zwei Karren in den Geleisen festgefahren hatten. Auf dem Trittbrett stand eine hochgewachsene, dunkle Sechzehnjährige, strich sich mit der Rechten über den Hals und ließ einen funkelnden Blick über die Straße schweifen. Unverzüglich begaben sich die drei Freunde an den Punkt der Straße, auf den der Blick des Mädchens fiel, wie bei gewissen Aufnahmen, wenn man auch noch mit aufs Bild möchte; und eine flüchtige, zerstreute Beachtung genießend, bohren sie ihre Blicke in den der Schönen, lächeln, kratzen sich den Kopf, machen Zeichen mit Mund und Ohren. Schon sind sie in sie verliebt, rufen sie leise mit zärtlichen Namen, leben im Blitztempo ein ganzes langes Dasein mit ihr: Reisen, schlaflose Nächte, süße Zwistigkeiten, Sommerabende auf der Terrasse, Meerbäder mit Sandwerfen und Wasserprusten. Nichts vergißt ihre Phantasie: sie hören sogar die schrecklichen und doch herzwärmenden Klagelaute, unter denen sie sie im Zimmer nebenan zu Vätern eines wohlgelungenen Stammhalters macht ...

Aber die Karren sind wieder flott geworden, der Autobus fährt weiter und trägt das Mädchen mit sich fort, das, nachdem es mit jedem von ihnen ein ganzes, ziemlich glückliches Leben gelebt, nicht eine Sekunde lang seine Augen auf ihnen ruhen läßt und wie zuvor all das beobachtet, was in sein Blickfeld gerät.

Im übrigen fühlten sie sich jedesmal, wenn eine anmutige Frau ihren Augen entschwand, verlassen und verraten. Ein Anflug von Witwergefühl war immer in ihren Herzen, wenn sie durch die Straßen von Rom schweiften.

Oft verpaßten sie das Abendessen, wenn sie zur bestimmten Stunde ihrer Pension zustrebten, weil eine Frau, hinter der sie hertrabten, sie in einen ganz entfernten Teil der Stadt führte, und eine andere, auf dem Rückweg, ans entgegengesetzte Ende.

Tief in der Nacht, während sie todmüde ihr Kleingeld zählten, ob es noch für ein Taxi reichte, das sie auf dem schnellsten Weg zu ihrem Bett brächte, setzten zwei vorüberkommende starke Hüften sie aufs neue in Trab. In den Spiegelscheiben der Geschäfte sahen sie für einen Augenblick ihre übernächtigten, von Müdigkeit verzerrten Gesichter.

Übermäßiges Glück hatten sie bei all dem nicht:

genauer – sie hatten überhaupt keines. Wie hätten sie auch welches haben können? Ein Knoten in der Kehle, ein Schauer in der Rückengegend ließen sie gerade dann zu Kadavern erbleichen, wenn sie sich, ein Gespräch über das Strandleben und die Fahrpreise der Eisenbahn abbrechend, endlich entschlossen, der Dame zu sagen, wie himmlisch schön sie sei.

»Wenn ich hier ein Haus hätte«, gelang es Scannapieco hervorzustoßen, als er einmal, mit Augen, die aus den Höhlen treten wollten, im Aufenthaltsraum der Pension mit einer Bologneserin tanzte, »würden Sie dann zu mir kommen?«

»Was ist Ihnen denn?« rief die Dame, bestürzt über die Gesichtsfarbe ihres Kavaliers. Es schien in der Tat, als würde Scannapieco jeden Augenblick der Schlag treffen.

Nach Sonnenuntergang saßen sie gewöhnlich in einem Café der Via Veneto. Sorgfältig wählten sie den geeignetsten Tisch, der die schönsten An- und Aussichten versprach; aber niemals kamen sie zur Ruhe, sondern wanderten immer von einem Tisch zum andern, denn mit dem Kommen und Gehen der Gruppen wechselte *die Schönheit* selbst ständig ihren Platz.

Versunken in den Anblick eines Profils oder auch nur einer Hand hätten sie Jahre verbringen können. Niemals war ihr Leben so abwechslungsreich wie jetzt, da das Schauspiel, das sich ihren Augen bot, immer das gleiche war. Oh, in den Augen eines Mädchens gibt es immer mehr zu entdecken als auf dem ganzen afrikanischen Kontinent; welche Erlebnisse, Begegnungen, Glücks- und Unglücksfälle!

Eines Abends wurde Giovanni Percolla von einem alten Freund aus Catania angesprochen; es war Luciano Taglietta, ein Schriftsteller, der in Italien kein Unbekannter mehr war, ein braver Junge, ein Humorist. »Komm doch morgen ins Aragno!« sagte dieser. »Du findest mich dort im Kreis von Schriftstellern!«

Giovanni begann im Café Aragno zu verkehren. »Nette Leute!« berichtete er am Abend, unverschämt lügend, den Freunden. In Wirklichkeit verbrachte er Stunden gähnendster Langweile an den Tischen der Literaten auf dem Bürgersteig des Korsos. Die Stenotypistinnen der Ministerien kamen vorüber, ihre Hüften streiften an die Stühle der Sitzenden, doch die hatten keinen Blick für sie übrig. Ihre einzige Beschäftigung bestand darin, den armen Mitmenschen Spitznamen anzuhängen: den einen nannten sie den Kuhentsprungenen, den andern den Papierschneider, eine Dame die Wochenkeusche, einen Bekannten den Feuertrompeter. Wenn dieser, ein hochaufgeschossener Edelmann in mittleren Jahren, vorbeiging, flüsterten sie aufgeregt: »Da ist er! Da ist er!«, und bogen sich dann auf ihren Stühlen vor Lachen. Einzig Luciano Taglietta hob, wenn ein schöngewachsenes Mädchen vorüberkam, sein Kinn über die Köpfe der Freunde und blinzelte Giovanni zu. Im übrigen wartete auch er mit der gleichen Ungeduld wie Giovanni auf den Augenblick, da die Schriftsteller sich endlich verzogen. Dann rückten die beiden eng zusammen und sprachen miteinander von den Trams in Catania und von den geheimnisvollen Freuden, die sie zu bieten haben, wenn sie total überfüllt sind.

Aber Luciano Taglietta mußte weiter nach Venedig, und Giovanni kehrte wieder ungeteilt zu seinen Freunden zurück.

Man sah sie alle drei an jedem Punkt von Rom, wo es keine Gemälde und Denkmäler, aber Frauen gab. Einmal betraten sie heftig gestikulierend die Galerie des Vatikans, aber nur, weil sie hinter einer Deutschen her waren. »Wunderbar! Hinreißend!« wiederholten sie für den Rest des Tages: sie sprachen von der Frau...

Eines Nachts hallte die einsame Piazza del Popolo von den Worten wider: »Mit dem Finger, das Bein, ein solcher Busen, ich zog mich aus...« Auf der Durchreise durch Rom befand sich der Architekt Lamberti, der, als er die drei von weitem sah, sogleich mit erhobenen Händen brüllte: »Heute abend stellen wir was an!« Und in der Tat legten sie gemeinsam den weiten Weg vom Kolosseum bis zur Piazza del Popolo zurück. Dort gingen sie lange im Kreis herum. Der Architekt liebte die dekolletierten Geschichten, aber er war ein wenig taub und fragte alle Augenblicke: »Wie, wie?« So daß die Freunde ihre Stimme gerade an den Stellen erheben mußten, wo sie sie am liebsten zu einem Hauch vermindert hätten. Aber auch der Architekt reiste noch in der gleichen Nacht wieder ab, und die drei blieben zum zweitenmal allein.

Im Speisesaal der Pension hatten sie viele junge Leute aus dem Norden kennengelernt, aber es war unmöglich, Freundschaft mit ihnen zu schließen. »Es hat keinen Zweck! Wir passen nicht zusammen!« sagte Scannapieco. Wie sollte man sich auch zu einem hingezogen fühlen, der nicht lachte, wenn sie lachten, und der herausplatzte, wenn die drei sich nur ein gelangweiltes Lächeln abzunötigen vermochten?

Und waren die andern denn alle aus Holz? Sahen sie denn die Himmelsgeschöpfe nicht, die Gott auf dieser Erde wachsen läßt?

Eines Abends saßen sie in der Via Veneto und beobachteten eine ungarische Fürstin, die fest und gerade wie eine Palme wenige Schritte von ihnen entfernt stand, als sich vom Nebentisch ein rotes Mondgesicht zwischen Muscaràs und Scannapiecos Schulter schob: »Na, was würdet ihr denn mit der anstellen?« Es war Monosola, ein alter Freund aus Sizilien. Er verkündete, eine ganze Gruppe sei vor einer Stunde aus Catania angekommen und habe sich in Muscaràs und Scannapiecos Pension einquartiert. »Ich bin auch auf dem Weg dorthin!« fügte Monosola hinzu. »Aber treffen wir uns noch vor dem Schlafengehen! Denn morgen fahren wir weiter nach Bologna. Hier in Rom ist nicht übertrieben viel los. Aber in Bologna, da gibt's ein Gemetzel!«

Die ganze Nacht suchten die drei die Gruppe der Ankömmlinge; endlich machten sie sich auf den Heimweg und erkannten an gewissen feuchten Stellen inmitten der Via Po, daß die Freunde aus Catania schon vorbeigekommen und vor ihnen in die Pension zurückgekehrt waren.

Sie sahen sich nicht einmal, denn nachdem die Catanesen vier Stunden lang geschnarcht hatten, erhoben sie sich mit knirschenden Schuhen im ersten Tagesgrauen und verließen das Haus, nachdem sie Percolla, Scannapieco und Muscarà durch die verschlossene Tür einen Gruß zugerufen hatten.

»Gott im Himmel!« sagte Percolla am nächsten Morgen. »Was fangen wir heute an?«

Sie schliefen lang an diesem Tag, und so am nächsten, und so am übernächsten. Endlich taten die zahlreichen Telegramme der Eltern und Onkel ihre Wirkung. »Kehrt ohne Abschluß zurück!« drahtete man aus Catania. »Gebt nicht noch mehr unnützes Geld aus, kehrt zurück!« – »Haben erfahren, daß Grossist Rom verlassen, ohne euch gesehen zu haben. Kehrt zurück!«

Und sie kehrten zurück.

3

Aber der Stachel des Reisens hatte sich nun in ihren Köpfen festgesetzt und ließ ihnen keine Ruhe mehr. Giovanni fand in den alten catanesischen Gepflogenheiten jenen unangenehmen Geruch, den ein Arbeitsanzug annimmt, nachdem man ihn zwei oder drei Jahre lang getragen hat. Die Promenaden auf dem Korso, die Gespräche mit den Freunden – mein Gott, immer dasselbe! Auch die Wollust, nach dem Erwachen aus der nachmittäglichen Siesta noch eine Weile im Bett liegenzubleiben und die Augen ins Dunkel zu heften, war getrübt durch den Gedanken, daß sich im selben Augenblick die Cafés in der Via Veneto mit Frauen füllten.

Giovanni kam auf den Einfall, mit den beiden Freunden im Bahnhofsrestaurant zu Abend zu essen. »Dort«, sagte er, »ist es fast, als wäre man in einer anderen Stadt!«

Und acht Abende lang aßen sie unter einer von Fliegen beschmutzten Lampe in der Nähe des Marmorbufetts dieses alten und rauchgeschwärzten Lokals. Das Pfeifen der Züge ließ die Gläser erzittern, und ab und zu füllte sich der Saal mit dichtem und beißendem Rauch, den sie in vollen Zügen einsogen wie den pilzduftenden Morgennebel der Hochgebirge. »Man fühlt sich wohl hier!« sagte Scannapieco.

Aber dann mußten sie feststellen, daß sie zuviel ausgaben. »Teuer ist's hier schon!« bemerkte Muscarà. »Und im Winter können wir sowieso nicht kommen: mir scheint, es fehlen ein paar Scheiben in den Fenstern!«

Oft sonderten sie sich in den zahlreichen Plauderzirkeln vom allgemeinen Gespräch ab, um sich einander ein paar anspielungsreiche Worte über ein tolles Erlebnis zuzurufen, das sie in Rom gehabt hatten. Weißt du noch... damals in der Nacht ... die zwei Frauen ... was haben wir gelacht! Warum hast du denn damals? ... Oh, ich? Und du? ...

Die andern schauten sie offenen Mundes an, neugierig und voller Respekt.

Ihre Erinnerungen blühten auf, belebten sich mit sehr seltsamen und angenehmen Episoden. Obwohl sie sich vorher niemals abgesprochen hatten, waren sie immer einig, wenn sie sich die geringfügigsten Einzelheiten eines Vorfalls ins Gedächtnis riefen, der sich in Wirklichkeit niemals zugetragen hatte.

Wenn Giovanni hinter dem Ladentisch saß und den Bericht des Kassiers anhörte, wandte er sich manchmal zur Linken und murmelte tief aufseufzend dem Vetter ins Ohr: »Weißt du, wenn dir plötzlich eine sagt: ›Giovanni, in der Liebe bist du ein Göttersohn!‹ ...«

Befragte man dann Muscarà wegen dieser Behauptung Giovannis, so war Muscarà in der Lage, zu erzählen, wie es geschah und wann es geschah und wo es geschah, daß eine Frau diese wundervollen Worte zu Giovanni sagte.

Nach jenem Jahr verließen sie immer zu Beginn der

Sommermonate Catania, manchmal gemeinsam, manchmal jeder auf eigene Faust.

Giovanni verbrachte lange, schweigsame Stunden in Viareggio, in Riccione, in Cortina. Bei diesen Reisen leitete ihn eine Nachricht über die Frauenwelt, die er unter Umständen in einem Café vom Nebentisch aufgeschnappt hatte. Eine Postkarte mit den schlichten Worten: »Cafés in Triest achtzig Frauen, zehn Männer«, ließ ihn unverzüglich nach der Venezia Giulia aufbrechen. »Ja, ich weiß, daß es auch an der Playa nackte Beine gibt! Aber sie in der Pineta von Viareggio zu sehen, wenn sie vom Radeln dick und hart sind – das, mein Lieber, ist doch etwas anderes!« Dieser Satz, den ein Hochseekapitän seinem Freund von der Straße auf den Balkon hinaufrief, wurde für Giovanni zum Anlaß, eine Fahrkarte nach Viareggio zu lösen.

»Was ist schon Viareggio!« schrieb indessen Scannapieco aus Abbazia. »Nichts auf der Welt gleicht Abbazia! Hier, an der Strandpromenade, möcht ich begraben sein: so würden die schönsten Frauen der Welt über meine Gebeine schreiten!«

Nach Catania zurückgekehrt, füllte Scannapieco einen ganzen Winter mit Sehnsuchtsseufzern nach Abbazia aus: von Abbazia sprach er mit Freunden, Bekannten und Unbekannten; und mit geheuchelter Wut und Verrücktheit riß er sich den Hut vom Kopf, sobald er das Wasser des Quarnaro pries.

Eines Sommers brach heimlich ein ganzes Rudel von jungen Leuten aus Catania auf und kam noch vor Scannapieco in Abbazia an.

Auch Percolla beschloß, dem Freund einen angenehmen Schrecken zu bereiten, indem er sich von ihm, halb eingeschlafen, am Tisch seines Cafés überraschen ließ.

Giovanni war während jenes Sommers sinnlicher denn je; er glich aufs Haar einem braven, sauberen Bullen vom Lande, aber in seinen Augen entzündete sich bisweilen eine solche Raserei, daß es schien, nicht ein Blick, sondern ein Mann von Fleisch und Blut wirble umher, um Frauen zu küssen, zu entführen, mit ihnen zu streiten und sie dann schnöde zu verlassen. Manchmal dagegen war sein Blick passiv, aber noch in seiner Passivität umfassend und grandios. Ganze Legionen von Frauen verschlang er mit Haut und Haaren und ließ auch nicht die Spange eines Schuhes aus. Und was vollführte er nicht mit seinen Augen? Was sah er nicht in Abbazia?

Die Frauen waren alle Deutsche und Slavinnen. Einige waren in Begleitung eines einzigen Köfferchens gekommen: junge Witwen, verabschiedete Mätressen, Meisterinnen im Schwimmen, ehemalige Tänzerinnen luden mit ihren Blicken die jungen Männer aus Catania ein oder bliesen, gutmütig lachend, den Rauch ihrer Zigaretten in ihre leichenblassen Gesichter. Wirklich, leichter hätte es nicht sein können! ... Gott, war es leicht! Das Beklagenswerte war nur, daß diese Frauen bei näherem Hinsehn nicht ganz so hübsch und auch nicht ganz so jung waren.

Die Jungen und Hübschen waren in Begleitung ihrer Männer gekommen: hochgewachsene, helläugige Mädchen, deren Blick nur dann etwas ausdrückte, wenn er auf ihren Begleitern ruhte; schwerfällige, ernste, gravitätische Wesen, von denen ein einziges genügte, um am Strand fünf daneben ausgestreckten Catanesen die Sonne zu verdunkeln, und die am Abend auf den Hotel-Terrassen die Atmosphäre mit unbestimmten, apokalyptischen Drohungen erfüllten. Giovanni erinnerte sich, etwas Ähnliches in der Sixtinischen Kapelle gesehen zu haben, und das war das einzige Mal, daß die Malerei ihm als eine bewunderungswürdige Kunst erschien. Die starken schönen Frauen vermögen uns, besser als die dicken Männer, durch die besondere Art, wie sie ein Bein aufheben, die Pupillen schräg stellen, das Kinn auf die geschlossene Faust stützen, klarzumachen, daß die Zukunft nichts Gutes verheißt. Giovanni hatte sich einmal, nachdem er sich der Muttergottes und der heiligen Agatha empfohlen, bei den ersten Klängen eines Walzers einer dieser enormen, schönen, verliebten, treuen Deutschen genähert; aber das Mädchen schenkte seiner Aufforderung nicht nur keinerlei Beachtung, sondern verkündete mit Hilfe seiner zusammengezogenen Brauen, daß bald der Krieg ausbrechen würde. Von einem dieser Blitze in Asche verwandelt, kehrte Giovanni zu seinem Platz zurück. »Nichts zu machen!« murmelte er bei sich selbst. »Nichts zu machen!«

Die drei aus Catania verließen Abbazia bei den ersten Septembergewittern.

Im folgenden Sommer ging Giovanni mit Muscarà nach Cavalese.

Sie hatten schon ein paar weiße Fäden in den Haaren, und am Abend strichen sie mit dem Farbpinsel darüber. Aber da diese Fäden sich in dem Schopf befanden, der alle Augenblicke aus der Kappe entwischte, und da sie diesen Schopf ständig mit den Fingerspitzen wieder an Ort und Stelle brachten, hatten sie ewig schwarze Nägel. »Was für häßliche Trauerränder!« sagte ein Mädchen. »Ich würde mir lieber die Hand abhacken, als mit solchen Nägeln herumzulaufen!«

Drei Jahre zuvor wären sie im Zug beinahe mit einem rüstigen alten Herrn handgemein geworden, der eine Weile ins Ohr eines Freundes geflüstert hatte, bis ihn der Zorn überwältigte und er mit lauter Stimme sagte: »Mir ist nicht diese oder jene unsympathisch: das Weib überhaupt ist mir unsympathisch, seine Art zu sprechen, zu schauen, sich zu bewegen, Luft zu holen! Ah, ah! Uh, uh!« äffte der Reisende die Frauen nach. »Mit solchen Stimmen, solchen Augen! ... Pfui Teufel!« Und er tat, als würde er ausspucken. »Wie dumm sind diese Weiber! Wie abscheulich! Pfui Teufel, pfui Teufel!«

»Idiot!« hatte damals Giovanni gebrummt, aber nicht so leise, daß der andere es nicht gehört hätte. Man hatte zu streiten angefangen, und die kleinen Wandspiegel zwischen den Kopien der Mona Lisa und dem Frühling von Botticelli hatten das Bild schlagbereiter Fäuste zurückgeworfen...

Jetzt dagegen verstanden sie ihren Freund Ardizzone, der sich in manchen Nächten in sein Zimmer einschloß und, wenn er den Türknopf sich nach rechts und dann nach links und dann wieder nach rechts drehen sah, den Atem anhielt und glückselig dachte: Nein, heut kommst du mir nicht herein, du kleiner Blutegel!

Giovanni drückte sich immer enthusiastischer über das Vergnügen aus, das die Frau gewährt, und bei den abendlichen Gesprächen steigerte sich immer mehr das Angebot, das er machte, um es zu erhalten. (»Zehn Jahre meines Lebens gäb ich! ... Auf mir herumtrampeln ließe ich wie auf einem Teppich! ... Die Fußsohlen möchte ich dem Vater lecken, der sie in die Welt gesetzt hat! ... Ich würde dies trinken und würde jenes trinken!«) – aber von den Frauen im allgemeinen begann er eine niedrige Meinung zu haben.

»Das Schönste, was es gibt auf der Welt, hat Gott albernen Kühen anvertraut!« sagte er. »Und was machen sie für einen Gebrauch davon? Den dümmsten, den man sich vorstellen kann! ... Die Verzweiflung kommt mich an, wenn ich sehe, wie diese Signora Leotta, ein Trumm von einem Weibsbild, das die Uhren zum Stehen bringt, den zauberhaften Körper, den ihr Gott gegeben hat, pünktlich um fünf Uhr jeden Nachmittag diesem Schafskopf Gallodindia nach der Via Lincoln hinträgt!«

Niemals gelang es ihm, eine gute Eigenschaft an dem Mann zu finden, der Glück bei einer schönen Frau gehabt hatte. Es handelte sich stets um einen Dummkopf, und sein Äußeres war immer ›ausgewaschen‹.

Während im übrigen ihre Erfahrung im Auskosten wollüstiger Phantasien ungeheuer war, hätte man ihre wirklichen Abenteuer mit Frauen an den Fingern einer Hand abzählen können. Ihre Vergangenheit als Don Juans ließ sich in zehn Minuten berichten, wenn man sie nur aller Lügen entkleidete und aller Begebenheiten, die sie als tatsächlich vorgefallen erzählten und die statt dessen bloße Wunschbilder oder andern zugestoßen waren.

Müssen wir noch deutlicher werden? Giovanni Percolla hatte mit sechsunddreißig Jahren noch nie ein ehrbares Fräulein geküßt, und er hatte noch nie der Kälte getrotzt, um nachts hinter dem Gartenzaun auf ein Mädchen zu warten, das sich, eine Minute nachdem das Licht im Zimmer des Vaters erloschen wäre, zwischen den dunklen Bäumen des Gartens hergewagt hätte – nicht ohne dabei über ihr langes weißes Nachthemd zu stolpern. Er hatte niemals einen Liebesbrief geschrieben oder empfangen, und der Hörer des Telefons hatte noch nie sein Ohr mit dem Wort »Liebster« gestreichelt.

Und mit den reiferen Damen? ... Nun, mit denen war es so gegangen: Eine vierzigjährige, verwitwete und anmutige Nachbarin hatte, während sie im Wohnzimmer auf die Rückkehr von Giovannis Schwestern wartete, die einkaufen gegangen waren, eine so erfreuliche Unterhaltung mit dem Hausherrn angeknüpft, daß man ihr Gelächter bis auf die Straße hören konnte. Nach einer Weile war es still geworden. Aber die Beziehungen hatten sich auf dieses eine Mal beschränkt, denn die Witwe hatte Giovanni anvertraut, sie könnten sich *nur um vier Uhr nachmittags* treffen, eine Stunde, in der Giovanni zu schlafen pflegte. »Ach, ich kann doch meinen Schlaf nicht opfern!«

Und dieser Dame war keine zweite gefolgt.

Statt dessen war sein Dasein mit Zimmermädchen und leichten Frauen ausgefüllt. Rasche und intensive Freuden, denen lange Gespräche mit sich selbst und den Freunden vorhergingen und folgten. Länger als eine Stunde war Giovanni nie mit einer Frau zusammen gewesen; noch niemals hatten seine Schuhe eine Nacht lang zu Füßen eines zweischläfrigen Bettes gewartet. Und er wußte nicht, wie es ist, wenn eine junge Frau am Morgen erwacht, die Augen aufschlägt und das erste Lächeln mit dem Gefährten tauscht.

»Heirate doch endlich!« sagte einer seiner Onkel zu ihm.

Aber wie eine Katze, die man aus der warmen Asche aufstört, murmelte er aus seinen Wolldecken hervor: »Mamma mia! ... Laßt mich noch ein Jährchen zufrieden!«

Die Vorstellung, er müsse jede Nacht mit einer Frau schlafen, ließ ihn in Angstschweiß ausbrechen, wie der Gedanke an den Militärdienst einen Fünfzigjährigen, der niemals Soldat gewesen ist. Ihm schien, als müsse ihm die Frau durch eine plötzliche Bewegung die Decke wegziehen, während es draußen stürmte und fror. Und würde er sich noch im Halbschlaf, wollüstig nervös, das Ohr kratzen können? Und würde man ihm noch gestatten, unter seinem Kopf drei Kissen aufzuschichten? Und sein empfindlicher Magen?

Dieser Mann, der beim Anblick eines weiblichen Knöchels in Ohnmacht fiel, fürchtete sich vor der Möglichkeit, ein eisiges Knie könne ihn im Schlaf berühren oder am Nachmittag ein Kopf zur Tür hereinschauen und verkünden: »Du schläfst zuviel, Giovanni!« Während der langen Stunden, in denen ihm selbst der Brand des Hauses kein Wort entrissen hätte, in denen er sich in seinem Schweigen suhlte und sich jede Sekunde darüber freute, nicht sprechen zu müssen – da machte seine Phantasie manchmal einen Sprung hin zum Allerentsetzlichsten, was gedacht werden konnte, und unter diesem Entsetzlichen befand sich eine Frage, die mit leiser Stimme ein erzürnter Frauenmund sprach: »Aber Giovanni, warum erzählst du denn deinem Frauchen gar nichts?«

So war er nun einmal beschaffen.

4

Natürlich mißfiel das den Schwestern nicht. Lieber als die Katze hätten sie einen kleinen Neffen auf den Knien gehalten, aber wenn der Herrgott ihnen einen Schrekken einjagen wollte, dann genügte es, daß er sie von einer Schwägerin träumen ließ, die später als sie aufstand und die von ihrem mit Büchern und Illustrierten bedeckten Bett her mit lauter Stimme nach dem Kaffee rief.

Sie machten es sich zur Pflicht, Giovanni ab und zu daran zu erinnern, daß ein Mann heiraten müsse; doch ein rotleuchtender Schein der Freude und des Stolzes zeigte sich auf ihrem Gesicht, wenn er zur Antwort gab: »Aber wo finde ich eine Frau wie euch?«

»Ganz abgesehen davon«, sagte Barbara, »eilt es ja noch nicht! Mit vierzig ist ein Mann noch gar nicht ganz ausgereift!«

Der unreife Junge betrachtete seine Fingernägel, in denen die schwarze Haartinktur zurückgeblieben war, und murmelte:

»Na ja ... Lassen wir's gut sein!«

»Du brauchst eine ernste, eine gesetzte Frau!« fing Rosa wieder an. »So gesetzt wie du selbst bist! Aber leider ... heutzutage in der Stadt ...«

»In einem Dorf unserer Provinz müßtest du dir eine suchen!« riet Barbara, die nur zu gut wußte, daß ihr

Bruder niemals eine so kurze und unbequeme Reise unternehmen würde.

»Ja, irgendwann werd ich ein paar Tage auf dem Dorf verbringen!«

»Am besten, wenn die Behörden einen Ball abhalten. Denn wie willst du sonst die Fräuleins zu Gesicht bekommen?«

»Wir haben mit dem Bürgermeister von Mascali vereinbart, daß er uns ein Telegramm schickt, wenn der nächste Ball stattfindet.«

»Gehst du auch wirklich hin?« fragte Barbara mit einem abratenden Lächeln, denn ein wenig besorgt war sie doch, er könne tatsächlich Ernst machen.

»Ja, ich geh schon hin, ich geh hin ... Uff! ... Aber jetzt leg ich mich ein bißchen schlafen!«

In jenem Jahr waren seine Trägheit und sein Schlafbedürfnis derart gewachsen, daß es Muscarà am Abend nicht gelang, länger als drei Minuten zu ihm zu sprechen; bei der vierten sank ihm Giovannis Kopf, nachdem er eine Weile hin- und hergeschwankt, mit halbgeschlossenen, blicklosen Augen auf die Schulter. Deshalb gewöhnte sich Muscarà daran, daß er, wenn er ihm einen längeren Artikel vorlas, die eine Hand unter der Zeitung und die andere vor sein Gesicht hielt, so daß er die Stirne seines Zuhörers mit der Handfläche auffangen und sacht wieder emporrichten konnte.

Giovannis Benommenheit begann schon am Nachmittag, wenn er allen Ernstes Sätze bildete wie den folgenden:

»Der Mind kammt haite ubend nit raus!«

»Warum sagst du denn Mind und nicht Mond? Und Ubend anstatt Abend?» fragte der Freund.

Giovanni zuckte kaum merklich die Schulter. Aber einmal entdeckte er doch sein Geheimnis: er wollte sich die Mühe sparen, die Wörter richtig auszusprechen, denn es scheint, daß der Mund, wenn man ihn sich selbst überläßt, nicht die allgemein üblichen Vokale wählt, so wie ein Esel nicht mehr inmitten der Straße läuft, wenn man sein Halfter locker läßt. »Es ist mir ganz einfach lästig, sie richtig auszusprechen!«

Des Freundes müde, machte Muscarà eine Reise und gelangte bis nach Paris.

Giovanni war allein. Er erwarb eine Zeitschrift mit farbigen Nacktaufnahmen und blätterte sie vor dem Einschlafen durch, von vorn nach hinten, und dann von hinten nach vorn. Diese Übung ersetzte ihm, bei einer gewissen Kräfteersparnis, die Gespräche über das Weib.

Eines Tages kehrte Muscarà mit einer herrlichen Neuigkeit aus Paris zurück. Er hatte eine lebensgroße Puppe gekauft, die aus einem Material gemacht war, das bei Berührung in eindrucksvollster Weise dem weiblichen Fleische glich. Die ›Pariserin‹ wurde nächtens in einem Taxi mit heruntergelassenen Vorhängen durch die Via Lincoln und die Via Stesicoro gefahren und dann in einen Mantel eingewickelt, in Muscaràs Haus gebracht und unter den Anzügen in einem Schrank verborgen. Zwei Tage später jedoch machte ein Kind zur Unzeit den Schrank auf, und das Puppenweib fiel in seiner ganzen Länge auf den Fußboden. Muscarà, der sofort aus seinem Zimmer herbeieilte, trommelte mit den Fäusten auf sein Haupt und verwünschte das neidische Schicksal, die unerbetenen Gäste, die Frauen, Paris. Endlich gelang es ihm, mit einer Schachtel Pralinen das Stillschweigen des Kindes zu erkaufen. Aber er beschloß, die Puppe anderswo unterzubringen, und fragte am gleichen Abend viele Freunde, ob sie bereit seien, ihr bei sich zu Hause Unterschlupf zu gewähren. Alle kratzten sich den Kopf. »Na, weißt du, das ist schon eine Schererei!... Meine Frau, meine Tochter... Warum bittest du nicht deinen Freund Percolla?«

»Ach der, um Gottes willen!«

In der Tat war Giovanni ein eifersüchtiger Hüter seines Hauses. Muscarà erinnerte sich, wie er einmal in ihrer Knabenzeit vom Balkon der Percolla herab begehrlichen Blickes eine vorübergehende Dame gemustert hatte: Giovanni hatte damals, außer sich über dieses Schauspiel der Sinnlichkeit wenige Schritte entfernt von dem Tisch, an dem die Familie zu essen pflegte, und von dem Lehnstuhl, in dem Vater Percolla sein Schläfchen hielt, mit schriller Stimme gerufen: »Bei mir zu Hause nicht! Bei mir nicht!«

Endlich fand sich ein beherzter Mann, welcher der ›Pariserin‹ im Hinterzimmer seiner Apotheke Zuflucht gewährte.

Die Kunde von dieser Puppe, die sich unter der Hand wie Frauenfleisch anfühlte, verbreitete sich in Catania; alle wollten sie betasten. Angesehenste Persönlichkeiten verließen, Übelkeiten und Kopfschmerzen vortäuschend, mitten in der Nacht ihr Bett und begaben sich in die bewußte Apotheke. Eine rote

Lampe erleuchtete den Verkaufstisch, der diensthabende Angestellte schlief auf einer Matratze zu ebener Erde, und ab und zu streckte ein streunender Hund, vom Zedratgeruch angelockt, den Kopf zur Tür herein.

»Kommen Sie nur mit, Herr Kommerzienrat!« forderte der Apotheker den nächtlichen Besucher auf, indem er, einen Glasmörser in der Hand, ins hellerleuchtete Hinterzimmer vorausging.

»Teufel, Teufel!« rief der Kommerzienrat aus, nachdem er mit sachkundiger Hand über den Knöchel der Puppe gefahren war. »Die ist besser als die Maria!«

»Und beachten Sie bitte!« fügte der Apotheker nicht ohne Stolz hinzu, »es ist alles vorhanden!«

»Teufel! Teufel!« Der Kommerzienrat überließ sich tiefem Nachdenken, dann murmelte er wie geistesabwesend: »Ja ja, die Wissenschaft!« Professor Martellini, ein gebildeter Mann, Humanist, Poetenseele und vollendeter Kavalier, empfing durch die Berührung einen so starken Eindruck, daß er zwei Schritte zurücktrat, den Hut abnahm und in der Puppe dem Ewig-Weiblichen eine Reverenz erwies.

Einzig Giovanni weigerte sich, um Mitternacht aus den Decken zu kriechen, um, wie er sagte, ein bißchen mit dem Zeigefinger herumzuspielen. Aber die Puppe erschien ihm in seinen Träumen.

»Verwünschtes Satanswerk!« beklagte er sich bei seinem Freund. »Ihr redet mir jeden Abend so von ihr die Ohren voll, daß keine Nacht vergeht, ohne daß sie mich besuchen kommt!«

Und oft, wenn zur Dämmerstunde der Onkel seine Verkäufer ermahnte: »Aufgepaßt! Wenn's schummrig wird, wachsen den Kunden die Finger!«, schloß Giovanni seine Telefongespräche mit Freund Muscarà mit den Worten: »Gut, treffen wir uns nach dem Essen! Ich erwarte dich zu Haus. Aber kein Wort von der Puppe!«

Worauf Muscarà einschmeichelnd ankündigte: »Weißt du auch, daß Giuseppe Arena sie für eine Nacht haben möchte?«

»Was will er denn damit?«

»Ich weiß nicht... seine Freunde... Sie haben vor, das Ding in eine gewisse Pension zu schaffen, um die Mädchen zu erschrecken... Soll ich sie ihm leihen?«

»Vorsicht ist besser! ... Es kann zu einem Skandal kommen! Ich bin der Meinung, man gibt sie ihm besser nicht!«

»Der Professor hat ihr ein Kleid geschenkt...«

»Ein Kleid?«

Unglaublich, man war wieder mitten in einem Gespräch über die Puppe! Mit einem wütenden Adieu knallte Giovanni den Hörer auf.

»Die Kerls haben einen Spleen!« wiederholte er mehrmals inmitten der Stoffballen und der Kunden, die im Halbdunkel ihre Geldmünzen dem Auge näherten.

Es war dies eine Zeit, da sein äußeres Leben ernsthafter und gesetzter als je schien. Er kam früher als gewöhnlich nach Hause, und man hörte ihn bis um zwei Uhr morgens in seinem Zimmer, aus dem ein Lichtstrahl auf den gegenüberliegenden Balkon fiel, in Büchern blättern.

»Was macht er wohl? Studiert er?« wollte Rosa wissen.

»Ja, er studiert!« bestätigte Lucia.

»Was denn?«

»Oh, wie nennen sie's? Handelswissenschaften!«

»Was für ein braver Mensch! Was für ein tüchtiger Mensch!« murmelte Barbara und wischte sich die Augen.

»Warum weinst du denn jetzt?«

»Ach, das Leben!«

»Was soll das heißen?«

»Ach, ich weiß nicht; mich kommt's so an, wenn ich an das Leben denke!«

Tatsächlich: das Wort ›Leben‹, wann und wie immer es gebraucht und ausgesprochen wurde, selbst im Titel ›Leben der Bienen‹, trieb Barbara unwiderstehlich Tränen in die Augen.

Man zählte den vorletzten Tag im März. Die Balkontüren waren weit geöffnet, die Teppiche hingen übers Geländer, die Blumentöpfe reihten sich auf den Veranden, und bis in den letzten Winkel des Hauses drangen weiße, gelbe, türkisblaue Sonnenstrahlen; und mit dem Staub entfloh der alte Muff des Winters, und herein drangen an seiner Stelle ein Gefühl des Friedens, der Heiterkeit, Märzglöckchenklänge und die Stimmen der Vorübergehenden: *heute abend, morgen.* Barbara ließ sich in einen Sessel fallen und wand sich unter dem Griff der Schwestern, die sie an den Handgelenken hielten: »Nein, nein, wie hab ich nur dieses Paradies verdient?« Auch die Schwestern weinten, und da sie ihre Hände nicht frei hatten, trockneten sie einander die Augen mit der Schulter ab.

Giovanni kam von all dem nichts zu Ohren. Einen großen Teil dieses Friedens und dieses Paradieses schuldete man ihm, seiner Arbeitsamkeit, seiner Herzensgüte, seinem geregelten Leben. Aber jedesmal, wenn er sich über den Teller beugte, trafen seine Stirn die feuchten und friedvollen Blicke der drei Frauen und die des einzigen, aber darum nicht weniger zärtlichen und dankbaren Auges des alten Dienstmädchens.

Die Apriltage waren schön wie die Mondnächte im September. Wenn die Passanten in der Via Leonardi den Kopf nach einem Schwalbengezwitscher erhoben, dann sahen sie auf einem Balkon eine Frau, die abgerissene Worte vor sich hinsprach und ab und zu ihre Haare zurückwarf. Es war Barbara, und was sie vor sich hinflüsterte, war: »Paradies im Himmel, Paradies auf Erden! ... Paradies im Himmel, Paradies auf Erden! ...«

An den alten Gewohnheiten hatte sich nichts geändert. Aber wie ein Eselskarren, der nach langer Fahrt zwischen hohen Umfassungsmauern auf einmal an eine freie Stelle kommt, von der der Blick aufs Meer und die leuchtenden Gärten fällt, so lief ihr Dasein jetzt mit der gleichen Langsamkeit, aber in besserer Luft, in einem lebhafteren Licht dahin.

Giovanni tat, was er immer getan hatte, und die Schwestern taten nichts Verschiedenes, aber alles schien unerklärlicherweise besser und schöner als zuvor.

An einem Tag nun, dem zweiten Sonntag im April im Jahre neunzehnhundertneununddreißig, an einem Tag ... Man höre, was an diesem einen Tag geschah!

Der gute Giovanni kam wie gewöhnlich um zwei Uhr nachmittags nach Hause. Jedoch statt sich, das

Unterjäckchen unter der Achsel, in sein Zimmer einzuschließen, begab er sich ins Bad und verlangte warmes Wasser.

Sofort brachte man ihm einen Krug voll. Aber Giovanni schrie hinter der Glastür: »Damit wasch ich mir nicht mal die Nasenspitze!«

Stumm sahen die drei Schwestern einander an.

»Willst du noch mehr?« fragte Barbara schüchtern.

Man befreite ein niemals gebrauchtes Öfchen von Büchern und Zeitungen, stellte den größten Wasserkessel des Hauses darauf und enzündete ein Holzfeuer.

»Mein Gott!« fragte Rosa, während die Flamme zischte und das Wasser summte. »Was mag das bedeuten?«

Fünfmal wurde der Krug, mit heißem Wasser gefüllt, vor die Tür des Badezimmers gestellt, und fünfmal gab ihn Giovannis nackter Arm durch einen schmalen Spalt zurück.

Ein unbeschreiblicher Lärm drang bis auf den Korridor; der Krug fiel öfter klappernd in die kupferne Wanne, das Wasser klatschte und patschte, und Giovanni fluchte: »Verdammte Sch...! Der reinste Aal, diese Seife! Hilfe!« Die Seife hatte sich wie eine Maus unter den Türspalt geklemmt, und das Dienstmädchen mußte sie mit einem Bratspieß wieder locker machen. Zuletzt kam ein kleines Bächlein aus dem Badezimmer hervor, schlängelte sich durch den Flur und drang ins Schlafzimmer der Schwestern, wo es einen Bettvorleger beleckte.

»Hier noch ein bißchen... hier auch!« sagte Barbara mit leiser und erregter Stimme zur Dienerin, die ihr mit einer Tasche voll Sägemehl folgte, das sie an den befohlenen Stellen über den Fußboden streute.

Mit wirrem Haar und rotgeflecktem Gesicht kam endlich Giovanni zum Vorschein. »Gott im Himmel!« rief er, sich mit beiden Händen auf die Brust klopfend: »Man fühlt sich wie neugeboren!... Von heute ab müßt ihr mir jeden Sonntag einen Kessel voll Wasser heiß machen!«

»Jeden Sonntag?« fragte Rosa, mit einem starren Blick auf Barbara.

Barbara schluckte, deutete auf den hochbeladenen Teller, der vor dem Bruder stand, und sagte nur: »Iß!«

»Jawohl, jeden Sonntag und jeden Donnerstag«, fügte Giovanni hinzu, indem er sich mit der Serviette über die noch feuchten Haare strich.

»Zweimal die Woche?« wagte sich Lucia hervor.

»Und warum nicht? Es gibt Leute, die baden jeden Tag, vielleicht sogar zweimal am Tag!«

Lucia erinnerte sich, etwas Derartiges in einem Roman mit dem Titel ›Blaues Blut‹ gelesen zu haben, und sagte nichts mehr.

Obwohl er dem Bad die Eigenschaft zuschrieb, den Appetit zu steigern, rührte Giovanni die Speisen kaum an, und die Schwestern warfen lange, fragende Blicke auf die Teller, die er beinahe voll wieder zurückgab. Doch als sie ihn wie alle Tage sein Schlafzimmer aufsuchen sahen und das Quietschen der alten, eingerosteten Fensterläden hörten, seufzten sie erleichtert auf. Die Badewanne schien sich im friedlichen Trott der alten Gewohnheiten zu verlieren.

»Der arme Kerl!« sagten sie lächelnd zueinander. »Was er nur hat?«

Aber noch war keine Stunde vergangen, als Giovanni hüstelnd, mit gerötetem Gesicht wieder erschien und aufs neue mit Seife und Kamm hantierte.

»Ich gehe aus!« verkündete er. »Es bekommt mir nicht, so lange zu schlafen!«

Und als er bald darauf, gewaschen und gekämmt, das Badezimmer verließ, meinte er, Barbara unters Kinn fassend: »Ja, zum Teufel, man verkürzt sein Leben, wenn man immer schläft!«

Der darauffolgende Tag verlief zum Glück ziemlich normal; aber der übernächste brachte wieder eine Neuigkeit.

Um fünf Uhr nachmittags, zu einer Stunde, deren Licht und Farbe Giovanni zu jedweder Jahreszeit unbekannt geblieben war, weil er sie stets verschlafen hatte, erklangen aus seinem Zimmer zuerst unartikulierte Laute, ein *Trallalala... Uhuuuu... Nanana...*, dann Ansätze zu einer Melodie, und endlich eine Art Lied.

Die drei Frauen näherten sich auf den Zehenspitzen der Tür zu des Bruders Zimmer, und auch das Dienstmädchen, den Besen in der Hand, wollte nicht fehlen. Da standen sie und lauschten.

»Er singt!« sagte Barbara händeringend. »Er singt!«

Seine Schritte näherten sich plötzlich der Tür, und die Lauscherinnen suchten erschrocken das Weite.

Auf seinem Weg durch den Flur brummte Giovanni ein Motiv, das die heiseren Abgründe seiner Brust zur Hälfte für sich behielten. Zwei Tage später jedoch war der Gesang unmißverständlicher und schamloser geworden.

»Vergißt er denn ganz«, fragte Lucia, »daß drei Schwestern im Hause sind?«

In der Tat sang Giovanni aus voller Kehle und sprach deutlich Worte aus, die oft von einer Art waren, daß Barbara bis zu den Haarwurzeln errötete.

»Schick mir, Kleine, vor dem Schlafengehn, einen heißen Liebeskuß!« sang Giovanni. Oder: »Eine Stund' nur möcht ich bei dir sein, sagen dir, was du nicht weißt!« Oder gar: »Aber die Beine, ja die Beine, die zieh ich vor!«

Er hatte einen aufgekratzten Gesichtsausdruck, seine Augen funkelten, aber sie ruhten niemals »auf den Dingen des Hauses«, wie Barbara sich ausdrückte; und sein sonst schleppender Schritt unterstrich jetzt laut das Klappern der Absätze.

Eines Tages stieß er bei Tisch den Teller zurück. »Es schmeckt mir nicht!« sagte er.

Es entstand eine Pause. Barbara schluckte und fragte mühsam: »Warum?«

»Nichts gefällt mir hier drinnen! Nichts! Die reinste Negerbude! Man schämt sich, hier zu hausen!«

»Mein Gott!« stöhnte Barbara, sich die Ohren zuhaltend. »Mein Gott!«

»Nicht mal eine ordentliche Badeeinrichtung! Einmal im Monat waschen wir uns und stinken wie eine Ziegenherde!«

»Alle?« fragte Rosa.

»Ohne Ausnahme!«

»Aber warum sagst du denn das jetzt erst?«

»Ich sag es, weil es mir Spaß macht! Ich habe das Recht, es zu sagen und es nicht zu sagen! Ich habe das Recht, mir dieses Glas anzuschauen und es nicht anzuschauen! ... Und wenn ich es anschaue, dann werde ich sagen dürfen, daß man die Gläser nicht mit der Herdasche auswäscht, in die vorher die Katze gepißt hat!«

»Aber Bruder, die Asche desinfiziert! ... Die Köchinnen des Barons Cardacci machen's genauso!«

»Barone? Kohlenschlepper! ... Genug, sprechen wir nicht mehr davon!«

Und er zog sich in sein Zimmer zurück.

Stumm saßen die Schwestern um den Tisch, das Weltende erwartend. Aber es war noch keine Stunde vergangen, da war Giovanni schon wieder, quecksilbrig wie ein Halbwüchsiger, auf den Beinen; er trällerte vor sich hin, nahm Lucias Nase zwischen zwei Finger und küßte sie auf die Gegend des Mundes, nicht ohne dann ein: »Mein Gott, das stinkt ja wie alte Lumpen!« vor sich hinzumurmeln. »Wiedersehn, Puppen!« schrie er, schon im Treppenhaus.

»Puppen?« wiederholte Barbara, leichenblaß. Man befürchtete, das Wort sei im Treppenhaus gehört worden, rief die Pförtnerin und unterzog sie einem eingehenden Verhör. Aber die Alte hatte nichts bemerkt.

Als sich Barbara am Abend vor Rosa entkleidete, die schon, mit weitgeöffneten Augen, das Leintuch bis zum Kinn gezogen, im Bette lag, sagte sie, halb böse halb im Scherz: »Mach die Augen zu, Puppe!«

»Mach die Augen zu, Mariu!« echote Lucia, mit halber Stimme das Schlagermotiv andeutend.

»Oh, sie singt auch!« sagte Rosa. »Anscheinend ein Familientalent!«

Doch dann brachen sie alle drei in heftiges Weinen aus und schluchzten und schluchzten im Dunkeln, daß das Bett knarrte.

»Es sei, wie es wolle«, rief Barbara feierlich, indem sie sich wie ein Gespenst in der Finsternis aufrichtete, »es sei, wie es wolle, ich muß wissen, was ihm zugestoßen ist!« –

»Was ist denn los mit dir, was ist los?« fragte Barbara den Bruder am nächsten Morgen, sich ungeschickt an seine Jackenaufschläge klammernd.

»Nichts!« gab er zur Antwort, machte sich los und trat einen Schritt zurück. »Gar nichts!«

»Weich mir nicht aus!« drängte Barbara mit Augen, die schon in Tränen schwammen.

»Gar nichts, sag ich dir!«

»Nein, Bruder, irgend etwas ist dir zugestoßen!«

»Denkt, was ihr wollt. Mir ist nichts zugestoßen. Ich gehe. Adieu!«

5

Und doch war Giovanni etwas zugestoßen, ein so ungeheures Erlebnis, daß er, hätte er's nur geträumt, einen Monat in tiefster Verwirrung zugebracht hätte; daß er jede Nacht mit Herzklopfen zu Bett gegangen wäre, aus Furcht, ein zweites Mal diesen schrecklich schönen Traum zu träumen.

Fräulein Maria Antonietta, die Tochter des Marquis von Marconella, hatte ihn angeschaut!

Ist das alles? höre ich meine Leser fragen.

Ja, das ist alles! Aber es ist nicht wenig, und wir erklären gleich, warum. Stellen wir zunächst fest, daß das toskanische Edelfräulein Giovanni Percolla nicht nur mit einem Blick gestreift hatte, mit einem jener Blicke, die wie der Reflex einer besonnten Fensterscheibe über unser Antlitz huschen. Nein, sie hatte ihm voll ins Gesicht geschaut, etwas oberhalb der Nase, vielleicht in die Augen, wenn auch nicht gerade in die Pupillen, sondern eher zwischen Brauen und Stirn, welches der Teil seiner Person war, den Giovanni am liebsten den Blicken aussetzte und den er im Fotoatelier sogleich nach vorne schob, obwohl ihn der Fotograf jedesmal mit einem: »Aber so sehn Sie ja aus wie ein Bulle!« zärtlich zurechtrückte. Und auf diese Weise hatte sie ihn nicht nur einen Augenblick, sondern eine volle Minute angeschaut, und zwar so aufmerksam und wohlgefällig, daß er mit Anmut über ein kleines Mädchen gestolpert war, das vor ihm herlief.

An dieser Stelle müssen wir die Bemerkung einflechten, daß die bedeutendste Geschichte in Catania nicht diejenige der Sitten, des Handels, der Bauwerke und der Aufstände ist, sondern die Geschichte der Blicke. Das Leben der Stadt ist voll von Ereignissen, Freundschaften, Schlägereien, Liebesverhältnissen, Beleidigungen – und alles nur in den Blicken, die zwischen Männern und Frauen hin- und hergehn; in jeder anderen Beziehung ist es armselig und langweilig. So brachte zum Beispiel Frau Perretta, nachdem sie fünf Tage lang in leidenschaftlichem Schmerz gerast, das ganze Leben des Provinzialsekretärs Alberto Nicosia, der eines Sonntagnachmittags in der Badewanne starb, und die Beziehungen, die sie mit ihm verbanden, auf die einfache Formel: »Oh, wie er mich anschaute!«

Die Frauen empfangen die Blicke der Männer auf ihren gesenkten Lidern, und langsam beginnen sie zu leuchten von der zarten Morgenröte, die das Funkeln Hunderter von Augen um ein Gesicht entstehen lassen. Selten erwidern sie die Blicke. Doch wenn sie ihren Kopf aus der gebeugten Haltung erheben und einen Blitz aussenden, dann ändert das ganze Leben eines Mannes seinen Lauf und seine Natur. Wenn eine Dame ihn nicht anschaut, dann geht für den jungen oder mittelalterlichen Herrn alles, wie es gehen muß: gleichförmig, alltäglich, abgeschmackt, traurig: wie eben das Leben des Menschen ist. Aber wenn sie den Blick erwidert, und sei es auch nur mit halber Pupille, oh, dann ist das Leben nicht mehr so traurig, und

Leopardi ein Dichter, der nichts von dieser Welt versteht!

»Ich müßte zur Zeitung«, sagte eines Abends zu uns im Theater ein unbekannter Zuschauer, der neben uns saß und mit dem Rockschoß seinen Zwicker putzte. »Ich müßte zur Redaktion, denn um Mitternacht kommen die Eilnachrichten aus der Provinz, und ich muß sie durchgehn. Aber ich kann nicht fort.«

Durch den bedauernswerten Anblick unseres Nachbarn ermutigt, fragten wir ihn: »Warum denn nicht?«

»Ach!« antwortete er und zeigte auf die Bühne, wo als letzte in einer Reihe halbnackter Tänzerinnen ein Mädchen, vom Scheinwerfer geblendet, die Beine warf und einen ausdruckslosen Blick über den Saal schweifen ließ. »Das Mädchen da, die letzte in der Reihe, schaut mich an!«

»Hm, tatsächlich!« antworteten wir.

Schon ein wenig zutraulicher geworden, erzählte er uns eine lange Geschichte von Briefen und Telefonanrufen, die immer unerwidert geblieben waren, aber an jenem Abend endlich durch den verliebten Blick der Tänzerin belohnt wurden. In Wirklichkeit schaute das Mädchen in den Zuschauerraum, wie man aus einem hellerleuchteten Zimmer durch ein dunkles Fenster schaut. Doch jedesmal, wenn seine geblendeten Augen über unsern Nachbarn zur Linken schweiften, rückte der Nachbar zur Rechten unruhig auf seinem Sessel und meinte zwischen Hoffnung und Furcht: »Da, sie schaut her! Sie schaut her!«

Und das sind, werdet ihr sagen, die gleichen Catanesen, die so respektlose Reden über das Weib führen?

Jawohl, es sind die gleichen, nur sind sie in diesem Fall verliebt...

Was Giovanni Percolla betrifft, so war er, trotz eines ganzen dem Weib geweihten Lebens, trotz der Gespräche, die er ihm widmete, und der Reisen, die er um seinetwillen unternahm, noch nie verliebt gewesen, ja er begegnete immer mit einer gewissen Verachtung seinem Vetter, der ganze Tage im dunkelsten Kämmerchen des Hauses verbrachte und, in dichten Zigarettenrauch eingenebelt, am Telefon Süßholz raspelte. »Ein schöner Schafskopf!« pflegte Giovanni mit einem geringschätzigen Blick auf die Glastür zu sagen, die fünf oder sechs Stunden lang den Schattenriß eines Mannes zeigte, der, die Beine in der Luft und den Hörer zwischen Schulter und Ohr geklemmt, in einer wenig geruhsamen Stellung auf einer Truhe lag.

So hatte er auch jedesmal gelangweilt gegähnt, wenn seine Freunde ihm von dieser Ninetta dei Marconella erzählten, die sie wegen ihrer Frisur den ›Blondschopf‹ nannten. »Jetzt liegt der Blondschopf längst im Bett!« vermutete der eine oder andere bei ihren nächtlichen Gesprächen. »Meint ihr, sie schläft im Pyjama oder im Nachthemd?« (Ein Ächzen Giovannis.) Und gegen Mittag fragten sie einander: »Ist sie ausgegangen?« – »Mir scheint, ja!« – »Ich habe sie nicht getroffen!« – »Sie wird da sein ... sie wird dort sein!« Die schwärzeste Melancholie aber befiel sie am Sonntag, wenn der gewöhnlich wohlinformierte junge Baron Licalzi persönlich oder am Telefon die niederschmetternde Auskunft gab: »Der Schopf ist nach Taormina gefahren!«

»Den Schopf steck ich mir an meinen Hut!« hatte

Giovanni Percolla scherzend geäußert. »Ihr setzt den Festländerinnen einen Floh ins Ohr! Mädchen wie sie findet man in Florenz im Mülleimer! Zugegeben: sie ist hübsch, bildhübsch sogar! Aber du guter Gott, muß deshalb eine ganze Stadt von ihr sprechen? Das scheint mir doch übertrieben, oder? Sie hat allen Grund, die Hochmütige zu spielen!«

Und nun hatte diese Hochmütige eines Morgens beim Eingang zum Stadtpark Giovanni Percolla eine Minute lang unverwandt angeschaut!

Wie ein frischernannter General, der immer Angst vor der Ankunft des Generals gehabt hat, bei seinem ersten Eintritt in die Kaserne erschrocken zusammenfährt, wenn er die Trompeten schmettern und die Gewehre klappern hört und wenn eine rauhe Stimme: »Stillgestanden! Achtung, präsentiert das Gewehr!« brüllt; wie er sich umwendet, um zu sehen, ob hinter ihm noch einer kommt, und wie ihm dann einfällt, daß er ja selber der General ist, und wie er sich langsam überzeugt, daß er keine Angst zu haben braucht, weil er doch selber derjenige ist, der dem andern angst macht, was ihm zuletzt ein Lächeln stolzer Zufriedenheit abnötigt – so erging es unserm Giovanni Percolla.

Doch erklären wir es deutlicher: Giovanni ging nicht ohne eine gewisse Aufgeregtheit zwei Schritte links hinter Fräulein Ninetta, als diese ihr Gesicht hob und plötzlich wie gebannt schien vom Anblick einer offenbar bezaubernden Persönlichkeit. Alle guten Eigenschaften mußten jene Persönlichkeit schmücken: Schönheit, Kraft, Herzensgüte, Talent, Jugend – wenn eine Frau sie derart anschaute. Eifersüchtig erschrokken wandte sich Giovanni zurück, um zu sehen, wer der Glückliche sei. Aber hinter ihm war niemand: der Blick von Maria Antonietta dei Marconella lag auf ihm und keinem andern! Gott im Himmel! Giovanni hatte ganz vergessen, daß er einen Menschen in sich trug, der, während er schlief oder unschickliche Gespräche mit den Freunden führte, sich mit Schönheit und Ruhm bedeckt, weithin bekannte Gedichte geschrieben, dies oder jenes erfunden, ganze Völker zum christlichen Glauben bekehrt und mit jugendstarkem, adlerhaftem Ruf die Hochsinnigen und die Schwachsinnigen herausgefordert hatte. O heilige Agatha, wie gut erinnerte er sich alles dessen, nun, da zwei Augen (waren sie tiefblau, goldgelb oder schwarz?) in ihm den Urheber solch außerordentlicher Unternehmen erblickten!

Ninetta entfernte sich mit ihrem raschen, lautlosen Schritt, aber in Giovanni blieb ein löwenhaftes Zittern zurück, als hätte ihm das Mädchen im Vorübergehn das Fell jenes edlen Tieres übergeworfen. Welch angenehme Empfindung, welch freies und frisches Atmen, welch neue Jugend! Es dauerte nicht lange, so begann sich gurgelnd und röchelnd das Motiv eines Schlagers aus seiner Kehle zu lösen, die nie etwas anderes als das gesprochene Wort beherbergt hatte – wenn man vom Husten absieht. Und es begann für ihn das Leben, das wir schon kennen. Da jene Persönlichkeit, die Ninetta dei Marconella in ihm erblickt hatte, jeden Tag ein Bad nahm, bestieg er zweimal in der Woche die häusliche Kupferwanne; da jene Persönlichkeit wenig schlief, schlief er auch wenig; da jene Persönlichkeit sang, sang auch er.

»Wenn du allein auf der Straße bist«, sagte ihm Muscarà nachdenklich, »darfst du nicht singen! Gestern habe ich den Baron Licalzi nach dir gefragt, und er hat mir zur Antwort gegeben: ›Er läuft im Stadtpark herum und singt den Königsmarsch!‹«

»Du hast recht!« sagte Giovanni. »Aber schau...«

Und er vertraute sich dem Freunde an, der ihm mißtrauisch zuhörte, während er sich den Kopf kratzte und bald die Unterlippe hinter die Oberlippe, bald die Oberlippe hinter die Unterlippe schob. »Aber vielleicht täuschst du dich«, meinte Muscarà. »Weiß der Himmel, wo die Mädchen manchmal hinschauen!«

»Vielleicht schaut sie ihn wirklich an!« entfuhr es zwei Tage später einem jungen Advokaten, der zu der Gruppe gehörte, welcher Muscarà Percollas Geheimnisse verriet. »Die Mädchen kommen manchmal auf Einfälle!«

Es wurden die notwendigen Proben aufs Exempel gemacht, um sich der Gefühle »Derer mit dem Schopf« zu vergewissern. Mehrere Gruppen nahmen daran teil. Eines Abends zeigte sich im Café des Stadtparks diese Anteilnahme ganz unverhüllt. Giovanni saß zusammen mit Muscarà und drei jungen Leuten am Tisch. »Sie schaut hierher!« rief plötzlich einer von ihnen, seinen Alarmruf mit einem Ellbogenstoß begleitend. »Hierher schaut sie!«

»Nein!« sagte ein Herr am Nebentisch, übrigens ein Bekannter von ihnen. »Sie schaut mich an!«

»Verzeihung, und warum Sie?«

»Mein Name ist Ferlito«, sagte der Herr und trat, seinen Stuhl hinter sich herziehend, an Percollas Tisch.

»Aber mütterlicherseits bin auch ich ein Marconella! Wir haben uns wegen einer Erbschaftsfrage gestritten. Das Mädchen wirft mir grollende Blicke zu!«

»O nein!« riefen die andern im Chor. »Das war kein grollender Blick, was wir gesehen haben!«

»Mag sein, aber sie schaut mich an!«

Giovanni wand sich in seinem Anzug.

»Auf jeden Fall: wir sind hier, sehen wir, wie's weiter geht!« fügte Herr Ferlito hinzu.

Abermals sandte Ninetta einen Blitz in Giovannis Richtung aus. »Du, du, du bist gemeint!« röchelte Muscarà, indem er dreimal mit dem Fuß gegen Giovannis Schienbein trat. »Dich schaut sie an!«

Man schritt zu einer weiteren Probe. Giovanni mußte sich allein an den Tisch setzen, den kurz zuvor Herr Ferlito verlassen hatte. Fünf Minuten lang hörte das Mädchen eine Freundin an, das Gesicht ihr zugewandt; dann drehte sie sich plötzlich um, suchte vergeblich in der Gruppe Muscaràs, leuchtete förmlich auf, als sie Giovanni einsam an seinem Tischchen sitzen sah und ließ ihre Augen einen Moment lang auf ihm ruhen.

»Ich sage nichts mehr!« entschied Herr Ferlito. »Sie schaut tatsächlich ihn an. Gratuliere!«

Gleichwohl wurde eine dritte Probe angestellt. Giovanni stand auf und schritt langsam dem See mit den Schwänen zu. Inzwischen hatte ein großer Teil des Cafépublikums Lunte gerochen und folgte dem Vorgang. Auch Ninetta schaute auf; indem ihr Gesicht wie immer aufleuchtete, umhüllte sie Giovanni mit ihrem Blick.

»Der letzte Zweifel ist beseitigt«, sagten die Freunde. »Dich schaut sie an, daß es eine wahre Freude ist!«

Giovanni war außer sich vor Glück; aber er wußte seine Erregung zu verbergen, und, seinem alten Stil in den Gesprächen über die Frauen getreu, behauptete er, so etwas könne ihn überhaupt nicht aus der Fassung bringen; die Frau sei nur für eines gut, und wenn man das erreicht habe, dann sei sie bei Gott zu nichts mehr zu gebrauchen! Er wurde schrecklich ordinär, und die Freunde noch mehr als er selbst. Aber er litt Höllenqualen an jenem Abend, als er mit anhören mußte, was jeder einzelne anstellen würde, falls er sich mit Ninetta im tiefen Wald, in einer erdbebenzerstörten Stadt oder in einem Rettungsboot befände, nachdem der Dampfer mit Mann und Maus untergegangen wäre. Diese eleganten jungen Leute mußten sich, um verwegene Akte zu planen, immer eine völlig einsame Szenerie vorstellen. Giovanni überwand sich zu einem gallenbitteren Lachen und wartete ungeduldig, daß die anderen fortgingen, um mit dem Gedanken an sie allein zu bleiben. Er hatte Eile, sich ein schöneres Bild zurechtzuträumen, in dem sich Ninetta an einem erhabenen Ort befand, etwa in der Königsloge der Oper oder im Triforium der Kathedrale oder auf einem mondbeschienenen Balkon, und er drunten kniend und mit demütigem Blick um ihr Lächeln bittend.

In der Nacht erfuhr er zum ersten Mal, was Schlaflosigkeit ist. Er, der niemals einen Nachmittag mit offenen Augen erlebt hatte, sah sich plötzlich dem unheimlichen Eindruck ausgesetzt, den unsere Kleider zwischen zwei und vier Uhr morgens erwecken. Seine

Jacke über dem Stuhl richtete das Gespenst einer Person vor ihm auf, die er gedankenlos in Spiegeln und auf Fotografien betrachtet hatte: das Gespenst seiner selbst. Diesmal aber war er nicht mit sich zufrieden; er erinnerte sich, ein abscheuliches Profil zu haben, und im Halbschlaf, in den er gegen fünf Uhr morgens fiel, träumte er, er würde den Baron Licalzi mit einem Fußtritt zu Boden schleudern und sich wie der Dieb einer Brieftasche seines griechischen Profils bemächtigen. »Hahaha!« stieß er fünf- oder sechsmal dröhnend hervor, und über diesem wilden Gelächter wachte er auf.

»Was hat er nur?« fragte Barbara, als sie das ungewohnte Gebrüll vom Flur her vernahm.

»Nichts!« sagte Giovanni später angesichts der stumm fragenden Blicke der Schwestern. »Nichts hab ich!«

Zum Glück war seine Unzufriedenheit nicht von langer Dauer: ein neuer Blick, den Ninetta zwischen dem Stamm einer Palme und dem Piedestal der Garibaldistatue auf ihn fallen ließ, gab ihm jenes hohe Selbstgefühl, jene Freude, jene Erinnerungen an vollbrachte große Taten zurück, die nicht nur den Ausdruck der Augen veränderten, der so leicht dem Wechsel der Stimmungen unterliegt, sondern sogar den der Nase und der Ohren; tatsächlich wurde die Nase dünner und feiner, und die Ohren bewegten sich nicht, wenn er lachte.

»Weißt du schon, daß du dich zu einem hübschen Jungen herausmachst?« sagte Monosola zu ihm. »Was für eine Kur machst du denn, zum Teufel?«

Er zuckte zusammen. »Ich bin verliebt!« antwortete er im Geiste, und zwar schrie er es nicht (im Geiste), sondern flüsterte es leise, denn er fürchtete, sich Monosola zu verraten.

»Paß doch gefälligst auf!« – »Treten Sie mir nicht auf die Hühneraugen!« – »Sie sitzen auf meinem Hut, mein Herr!« – »Verdammt noch mal, seht Ihr denn nicht, daß ich hinke?« Diese und andere Sätze bildeten beständig die akustische Umrahmung seines wonnigen Verwirrtseins.

Im Geschäft durchbrach Onkel Giuseppe eines Abends seine strengen Sparmaßnahmen und schrie den Verkäufern zu: »Zündet das Licht an! Schnell! Licht anzünden!«

Ein schmächtiger Kunde wurde von einem kräftigen Kerl im dunkelblauen Ladenmantel über den Haufen gerannt. »Schnell! Licht anzünden!« wiederholte der Onkel. Der Kerl stürzte zu dem Schalterschrank, um den Befehl des Chefs auszuführen. Ein Lüster flammte auf. »Himmel noch mal, was hast du denn jetzt wieder angestellt, Giovanni? Gib Antwort! Was hab ich dir Böses getan?«

In den vergangenen Tagen hatte Giovanni auf sämtlichen Blättern seines Schreibpults, auf den Deckeln der Kontobücher, dem Kalender und dem Fließpapier mit Tinte und Bleistift Ninettas Namen verewigt; und jetzt hatte er gar im Dunkeln mit einer großen Schere den angebeteten Namen Hunderte von Malen aus einem großen Stoffballen herausgeschnitten! Einer dieser Schnippel war dem Kunden auf die Schulter gefallen, der jetzt ächzend vom Boden aufstand; und viele andere lagen über den Fußboden verstreut und hefteten sich an die Schuhe.

»Der Junge ist übergeschnappt!« sagte der Onkel am nächsten Morgen, als er am Band seines Strohhuts ein Stück Seide mit dem Namen des Mädchens fand. »Und mit dieser Markierung auf dem Kopf bin ich die ganze Zeit herumgelaufen! ... Er ist übergeschnappt! Ich werd's ihm ins Gesicht sagen!«

Aber Giovanni ließ das kalt. Ninetta nicht zu treffen und von ihr nicht angeschaut zu werden, das war das einzige Unglück, das ihm im Laufe eines Tages zustoßen konnte. Nur wenn er wenigstens einmal alle vierundzwanzig Stunden ihren Blick empfing, vermochte er den starken, schönen, sieghaften, berühmten, guten, jugendlichen Giovanni lebendig zu erhalten, von dessen Dasein er vorher nie eine Ahnung gehabt hatte. Wenn zwei Tage verstrichen, ohne daß er sie zu Gesicht bekam, raufte und zerzauste er seine Haare und stotterte, in die alte Kleinmütigkeit zurückfallend: »Hab ich's denn nur geträumt?«

Die Freunde wußten nicht, wie weit es mit ihm gekommen war; sie nannten ihn einen Feigling und stachelten ihn auf hunderterlei verschiedene Weisen auf, er solle endlich aus sich herausgehen und sich nicht immer nur auf Seufzer und Augenaufschläge beschränken. »Sprich sie doch an!« befahlen sie ihm leise. »Schafskopf, siehst du nicht, daß sie dich mag? Los, ran!...«

Eines Abends stießen sie ihn zu fünft bei den Schultern auf Ninetta zu, während diese die Auslagen eines Zeitungskiosks betrachtete. Giovanni warf sich mit der

Kraft eines Bullen zurück und schien in die Erde eingerammt, so daß einer seine Waden und ein anderer seinen Rücken mit Faustschlägen bearbeiten mußte, um ihn von der Stelle zu bewegen. Auf diese drastische Weise brachten sie ihn der Angebeteten bis auf einen Meter nahe, worauf sich alle aus dem Staub machten und sich hinter ein paar Platanen versteckten.

Giovanni stand steif wie ein Holzklotz; das Blut war ihm zu Kopf gestiegen, und er sah, riesenhaft vergrößert und wie lebendig, Papst Pius XI., der auf dem Umschlag einer Zeitschrift farbig abgebildet war.

Plötzlich wandte sich Ninetta um; gleichzeitig hörte man von den Bäumen her ein: »Los, ran, Armleuchter!«, das ihn vor Scham fast um den Verstand brachte; der Kiosk begann hin- und herzuschwanken.

Doch was geschieht?

Das Mädchen tritt auf ihn zu, schaut ihn an, daß er vor Süßigkeit fast vergeht, und öffnet den Mund um zu sprechen.

»Wie spät ist es bitte?« fragt sie.

Giovanni zieht ein Stück Papier aus der Tasche, das er für die Uhr hält, sucht vergeblich die Zeit abzulesen und sagt schließlich: »Ich weiß nicht!« Dann fügt er, das Stück Papier wieder in die Tasche steckend und das Mädchen unverwandt anschauend, mit versagender Stimme hinzu: »Sie steht!«

»Esel! Hanswurst! Lahmarsch!« – Das waren die Worte, mit denen ihn die Freunde unter den Bäumen empfingen. »Siehst du denn nicht, daß *sie* dich aufstachelt? Was ist nur aus dir geworden: ein Mameluck, ein Schwachkopf?«

Er hörte von all dem nichts. Wie ein alter Palast, der hinter schwarzen Mauern und verschimmelten Fensterläden hellerleuchtete Salons und ein Ballfest verbirgt, so fühlte er sich in seinem Innern strahlend von Licht, obwohl der Spiegel, den ihm Muscarà mit einem: »Da, schau dich an, Hasenfuß!« vorhielt, ein vor Schreck gealtertes Gesicht und einen jämmerlich verunstalteten Kragen zeigte.

Seit jenem Abend gefiel ihm das Leben mehr denn je, aber die alten Freunde gefielen ihm nicht mehr. Sie waren ihm zu ordinär, und sie bedienten sich niemals der Sprache, in der er seit einiger Zeit seine Selbstgespräche führte. Sein Glück umhüllte sich mit schlechter Laune, so daß alle ihn fragten: »Was ist denn mit dir los? Haben dich die Wespen gestochen?«, während er sich vor Freude kaum zu fassen wußte.

Man hätte es auch so ausdrücken können: er frohlockte oben, und er verachtete unten.

Was jedoch sein heftigstes Mißfallen erregte, war das alte Haus, in dem tiefe Spuren jenes Giovanni zurückgeblieben waren, den Ninetta kraft ihrer Blicke mehr und mehr zunichte machte. Er betrachtete sich nie mehr als Einzelwesen, überwachte sich sorgfältig und streckte sich neuerdings auch aufs wohlerzogenste in seinem Bette aus, indem er tunlichst jede Art von Schnaufgeräuschen vermied. Eines Nachts erwachte er mit einem Stich im Herzen. Er richtete sich auf, fuhr sich mit der Hand über die schweißbedeckte Stirn und stammelte: »Hab ich geschnarcht? ... Mein Gott, hab ich geschnarcht?« Mit einem Sprung war er im Korridor und klopfte leise an die Tür der Schwestern.

»Was gibt's? Wer ist da?« riefen diese erschrocken.

»Habt ihr mich schnarchen hören?«

»Wie?... Schnarchen?... Keine Spur!«

In der folgenden Nacht verlangte er, das Dienstmädchen solle auf einer Matratze vor seiner Tür schlafen, um zu hören, ob er schnarche. Aber wer schnarchte, war die Alte, und Giovanni tat kein Auge zu.

Er lief jetzt immer mit einem japanischen Schlafrock umher, aus dessen Tasche ein seidenes Tüchlein hervorschaute, und bei Tisch spiegelte er sich selbst in der Weinkaraffe. Barbaras Schmatzen fiel ihm auf die Nerven, und wenn das Geräusch besonders aufdringlich wurde, hielt er mit seiner Gabel auf halber Höhe inne und blickte zur Decke.

»Was hast du denn?« fragte Barbara.

»Nichts!«

»Ich begreife es nicht!« murmelte die alte Jungfer zu sich selbst und wischte sich das Kinn.

»Was meinst du denn?« fragte sie einmal etwas lauter als gewöhnlich.

»Ich meine, du ißt wie ein Ferkel!«

Das arme Weib schluchzte auf und brachte keinen Ton mehr hervor. Rosa näherte sich ihr, um ihr unter dem Tisch zärtlich die Hand zu drücken.

Keiner der vier kam bis zum Nachtisch.

»Ich werd ihm schon Bescheid sagen!« drohte eines Nachts Lucia, aus dem Schlafe auffahrend.

»Du bist auf Abwege geraten!« fuhr sie Giovanni am Morgen an. »Du hast den Verstand verloren! Kein vernünftiges Wort kann man mehr mit dir reden!

Entwickelt hast du dich, entwickelt, daß nicht einmal unsere Mutter selig dich mehr ertragen könnte!«

»Jawohl!« schrie Giovanni zurück. »Ganz deiner Meinung! Wir ertragen einander nicht mehr! Auch ich hab genug von euch, mehr als genug. Und von diesem dreckigen Haus voll alter Karaffen und ausgedienter Schachteln, an denen die Mäuse geknabbert haben... Denn hier wird nichts weggeworfen, nicht einmal ein leeres Medizinfläschchen!... Und das nennt sich dann Sparsamkeit! Altes Glas und stinkige Lappen aufheben, das ist eure Sparsamkeit!« Mit heftigen Schritten durchmaß er das Zimmer. »Und dann diese Handtücher, Gott im Himmel, das Kotzen kommt einen an, wenn man sie nur dem Gesicht nähert!«

»Was ist denn mit den Handtüchern?«

»Sie stinken nach Petroleum! Mit was für einem Dreck wascht ihr euch nur den Kopf? ... Und die Hände!...«

»Was ist denn mit den Händen?«

»Schwarz sind sie, als ob ihr Kohle damit geschaufelt hättet!«

Alle drei betrachteten ihre Hände und dachten wohl einen Augenblick lang, wieviel sie mit diesen armen Fingern gearbeitet hatten; dann verbargen sie sie unter der Schürze.

»Was willst du also tun?« fragte Lucia, welcher der Schmerz die Gefaßtheit zurückgab.

»Ich ziehe aus, ich gehe! ... Das Geld schick ich euch pünktlich zum Monatsende, aber ich will eine Wohnung für mich allein! Ich bin jetzt vierzig, und ich habe Lust, mir meinen Gestank selber auszusuchen!«

Die drei alten Jungfern heulten los, und er verließ, die Tür hinter sich zuschlagend, das Haus.

»Im Leben nicht mehr!« beteuerte er Muscarà gegenüber, der ihn im Hotel aufgesucht hatte. »Ich will nichts mehr davon hören! Keinen Fuß setz ich mehr in diese Bude! Alles ist abscheulich da drin! Abscheulich der Eingang, abscheulich die ausgetretene Treppe, abscheulich das Licht (im Korridor gibt es überhaupt keines!); das Dienstmädchen, Gott steh uns bei, ist eine alte Ziege; der Platz unter den Balkonen ein Abzugsgraben, die Straße, auf die mein Fenster geht, ein Misthaufen! Und meine Schwestern«, fügte er leiser und mit einer Anwandlung von Mitleid hinzu, »na, Schönheitsköniginnen sind sie nicht! ... Aber ich will nichts Häßliches mehr um mich haben! Ich hab genug davon! Seit vierzig Jahren sehen meine Augen nichts wirklich Schönes! Ich will ein Haus, in dem sogar die Mäuse schön sind!«

»Du gehörst in die Zwangsjacke!« entschied Muscarà.

»Und du? Du bist kein Mensch, du bist eine Küchenschabe! Deine Seele ist eine Kloake! Und sprechen tust du wie ein Hafenarbeiter! ... Geh du nur auch und laß mich zufrieden!«

»Das laß ich mir nicht zweimal sagen, Hornochse, der du bist!« gab Muscarà zur Antwort, indem er grimmigen Gesichts vom Bettrand aufstand. Und ohne sich noch einmal umzuwenden, verließ er das Zimmer.

»Schon gut, schon gut!« schrie ihm Giovanni hinterher und warf sich auf dem Bett herum. »Nicht einmal in Gips will ich dich mehr zu Gesicht bekommen!«

Und er warf der Zigarre, die zwischen seinen Fingern qualmte, so wütende Blicke zu, daß der Kellner, der eingetreten war, um ihm mitzuteilen, Herr Muscarà stehe draußen und warte darauf, ihm den Schädel einzuschlagen, lautlos wieder den Rückzug antrat.

6

Giovanni zog sich in einen Vorort von Catania, nach Cíbali zurück, das aus etwa hundert Villen mit Vorgärten bestand und mit der Stadt durch eine klapprige Straßenbahn verbunden war, deren Ankunft jedesmal die Tauben vom Kirchendach aufscheuchte.

»Was ist los?« fragte der Fremde, der beim Hauptaltar kniete, wenn die Gewölbe von dem schrecklichen Geratter widerhallten. »Die Tram kommt!« flüsterte der ortsansässige Beter an seiner Seite. »Und was passiert jetzt?« fragte der Fremde bald darauf wieder, wenn ein langes, klagendes Kreischen zu den Fenstern hereindrang. »Die Tram biegt um die Ecke!« murmelte der Nachbar hinter seinen gefalteten Händen hervor.

Doch von diesen wenigen, höllischen Unterbrechungen abgesehen, glitt das Leben in der Vorstadt ruhig und sanft dahin; der Wind vom Meer übersprang die tiefgelegene Stadt, kam und fächelte das Laub der Gärten; und mit ihm übersprang das Licht vom Meer die Stadt, ließ sie im Halbdunkel und leuchtete auf Cíbalis grünen Läden und Fensterscheiben.

Giovanni hatte eine Villa mit sechs Zimmern gemietet, mit einer Küche, einem gekachelten Bad, einem Garten, einer Terrasse, einer zweiten Terrasse, drei Balkonen, einem Holzboden, einer dritten und vierten Terrasse, auf welch letzterer sich ein Türmchen erhob, das einen dank einer winzigen, fünften Terrasse fast bis auf die Höhe des Kirchturms und mitten in den Qualm des darunter befindlichen Schornsteins versetzte.

Als Diener hatte Giovanni einen braven, aus Catania stammenden Menschen engagiert, der vorher fünf Jahre auf einem Kriegsschiff gedient und dem Admiral persönlich den Kaffee in die Kajüte gebracht hatte.

Giovanni schien er der ideale Diener; auch sein Name, Paolo, gefiel ihm; und noch mehr gefiel ihm der Ausdruck tiefen Gehorsams, den ein Auge mit hängendem Lid seiner einen Gesichtshälfte verlieh.

Der Hauseigentümer schenkte ihm aus Anlaß seines Einzugs eine entzückende Angorakatze.

Und in den ersten Tagen ging alles gut. Paolo servierte mit weißen Handschuhen und weißer Jacke und antwortete mit solchem Anstand am Telefon, daß Giovanni viele Freunde bat, ihn morgens anzurufen, damit er sich vom Bett aus an den eleganten und würdevollen Wendungen weiden konnte, mit denen sein Diener dem Eingeständnis, der Herr sei noch nicht aufgestanden, aus dem Wege ging, ohne jedoch zu versprechen, er werde gleich zum Apparat kommen. »Einfach wunderbar!« murmelte Giovanni, indem er sich zufrieden auf der Matratze herumwälzte.

Doch wer weiß, wie es geschah (so fangen alle traurigen Geschichten in Catania an) – dieser wunderbare Mensch wurde auf einmal...

Erzählen wir den Vorgang seiner Wandlung! Aus Gründen, die ewig im Dunkeln bleiben werden, bemächtigte sich Paolos eine plötzliche Müdigkeit und Faulheit; er vergaß sein Italienisch und sprach nur noch im ordinärsten Dialekt, bis er seinen Herrn sogar als »u carannuluni« apostrophierte, was soviel wie »schlapper und zielloser Vogel« bedeutet, und daß er ihm des Morgens ins Gesicht hinein erklärte, er sehe aus wie eine »zerquetschte Orange«; er ließ es seelenruhig geschehen, daß die Fingerspitzen aus den durchlöcherten Handschuhen hervorschauten, und seine Jacke bedeckte sich mit gelben und braunen Flecken, die erst nach einer Woche den üblen Geruch der Saucen verloren, von denen sie herrührten. Aber all dies wäre zu verschmerzen gewesen, wäre Paolos Seele intakt geblieben. Doch auch von dieser Seite her zeigte sich eine Wandlung: ein gänzlich unvorhergesehener Zorn funkelte oft in seinem geöffneten Auge, während das halbgeschlossene von bitterer Schicksalsergebenheit sprach. Nicht daß er bösartig geworden wäre – alles in allem war und blieb er ein gutmütiger Kerl. Nur litt er jetzt an anhaltenden Wutanfällen, und wenn ihm irgend etwas unsympathisch wurde, dann ließ er nicht locker, bis er das Ende des betreffenden Gegenstandes erlebte. Im Lauf der Zeit verfielen sämtliche Küchengeräte dieser Abneigung: ein Topf, zwei Tiegel, der Wasserhahn, ein Kessel, die Fliegengitter vor den Fenstern, die Teekanne; dann der Wasserkrug; und schließlich der Mülleimer. Und Paolos Widerwille wuchs rasch, wurde zum ausgesprochenen Haß. Er führte Selbstgespräche über die verabscheuten Dinge, wobei er ihre Namen gleichsam zwischen den Zähnen zerbiß. Giovanni mußte es oft mit anhören, wie der Wasserkrug mit den schrecklichsten Schimpfwörtern bedacht wurde; dann trat eine Pause ein, bis die

Teekanne an der Reihe war. Wenn sich Paolo mit seinen Feinden in der Küche eingeschlossen hatte, dann war es schwer, ihn durch Klingel- oder Gongzeichen oder durch lautes Rufen daraus hervorzulocken: nur höchst selten noch ließ er sich vor seinem Herrn blicken. Mit der Zeit war es nicht mehr möglich, ihn mit den Worten: »Bring mir die Teekanne! ... Bring mir den Krug!« dazu zu bewegen, das Gewünschte herbeizutragen. Wenn man's so sagte, verstand er es einfach nicht. Man mußte wohl oder übel jene Gegenstände mit jenen Kraftausdrücken bezeichnen, mit denen er selbst sie nannte: »Bring mir die Vettel! ... Die Hure brauch ich!«; dann lief er ohne Umstände in die Küche, nicht ohne sich in einer Aufwallung neu entfachten Hasses wütend die Lippen zu zerbeißen.

Aber der seelische Verfall des Dieners machte an diesem Punkt nicht halt.

Giovanni liebte sein anmutiges, kleines Angorakätzchen, das einem wundervollen Büschel aus Flaum und Federn glich, dem die Natur ein zartes Leben eingehaucht zu haben schien, um es auf den Dächern herumklettern und auf Anruf herbeiwirbeln zu lassen. Dieses Kätzchen schlief auf einem Sessel, litt aber ersichtlich darunter, denn seine Natur trieb es, die eigene Wärme mit der eines lebenden Wesens zu vermischen. Zwischen der Schulter und dem Hals eines Menschen hätte es eine Woche lang geschlafen, ohne aufzuwachen; auf dem leblosen Samt war es unruhig und öffnete und schloß die Augen ohne Unterlaß.

Im ersten Monat erschien das schöne Kätzchen am Morgen gewaschen und entstaubt mit dem eleganten

Diener in Giovannis Schlafzimmer und sprang sogleich auf das Bett seines Herrn, wo es alsbald in der Krümmung der Beine einen Schlupfwinkel fand. Aber als dieser glückliche Monat herum war, zeigte es sich von Asche beschmutzt und mit unbestimmbaren Flüssigkeiten befeuchtet und hinterließ auf den Decken eine schwarze Spur. Wie kam das? Nun, auch das unschuldige Tierchen hatte sich den Haß des Dieners zugezogen, der es nur noch den ›kleinen Polypen‹ nannte. Wenig oder nichts verstand es von den menschlichen Gefühlen und sprang deshalb am Morgen, mit einem zärtlichen Blick in dessen schräges und haßerfülltes Auge, auf Paolos Knie. Und dieser packte es wie ein Kaninchen bei den Vorderbeinen und tauchte es zwei- oder dreimal in den Wassereimer oder steckte es in den Küchenherd.

Giovanni erhob keinen Einspruch: seine Kraft, sich zu ärgern und zu streiten, war erschöpft. Dafür war seine Fähigkeit gewachsen, seine Umgebung zu ignorieren. In diesem Hang bestärkten ihn die Einsamkeit, die Stille und nicht zuletzt der Umstand, daß auf all sein Klingeln und Rufen doch niemand erschien. Im übrigen waren diese beiden Wesen – der Diener und die Katze –, die jetzt in der ganzen Häßlichkeit ihres Schmutzes vor ihn traten, doch vor nicht gar zu langer Zeit schön gewesen und bewahrten immer noch das eine oder andere Merkmal ihres edlen Ursprungs.

Jeden Morgen fuhr er nach Catania, um eine Sekunde lang in den Blick Ninettas einzutauchen (ein Vorhaben, das ihm selten mißlang), und gleich darauf galoppierte er nach Hause zurück wie ein Spion, der eine wertvolle Aufnahme gemacht hat und sich schleunigst in ein dunkles Zimmer einschließt, um unter Verwünschungen und Jubelrufen den ganzen Tag darin zu verbringen. Der Blick Ninettas blieb bis zum folgenden Morgengrauen auf seinem Gesicht, in tausend Entzückungen verdampfend. Doch wenn der neue Tag anbrach, war alles verbraucht! Erschrocken, sich an nichts mehr zu erinnern, kehrte er nach Catania zurück und schweifte wie ein nahrungssuchender Vogel ruhelos durch die Straßen. Da, endlich: ihr blaues Kleid, das Blitzen ihrer Augen!

Es scheint, sagte er zu sich selbst, auf einem Liegestuhl im Garten ausgestreckt, während von einem Zweig, den der Wind herantrieb, ihm die Ameisen in den Hals krabbelten – es scheint, als schauten mich aus ihren Augen die edelsten Frauen der Welt an, und zwar in dem Moment, in dem sie am meisten geliebt, gelitten und Mitleid empfunden haben!

Ein Gefühl des Allumfassenden hatte sich seiner bemächtigt. Er, der in der Vergangenheit kaum den Raum eines Menschen ausgefüllt hatte, hatte sich jetzt den der ganzen Menschheit zu eigen gemacht.

Die Akazie seines Gartens, die wilde Pinie und die beiden Palmen sahen, wie er sich, gepeinigt vom Übermaß süßester Gefühle, im Mondlicht die Haare zerzauste und mit den Fäusten auf seine Schläfen trommelte. Wenn er träumte, Ninetta würde in dieser Nacht zu ihm kommen, dann hörte er deutlich alle die verschwiegenen Geräusche leise geschlossener Türen und heimlich abgestellter Schuhe, welche im nächtlichen Lauf der Jahrhunderte die Frauen verursacht haben, wenn sie sich vorsichtig zu einem Mann begaben. Seine Phantasievorstellungen machten ehrfürchtig beim Kusse halt. Wie hätte er auch weitergehen können, wenn ihm schon an diesem Punkt das Herz klopfte, daß die Wand am Kopfende davon erdröhnte?

Manchmal jedoch wurde sein Blut von einer unbestimmten, wütenden Gier aufgepeitscht, wie wenn seine Person von unzähligen Ausgangspunkten her sich in einem einzigen, glühenden Verlangen zusammenfaßte: dann wälzte und krümmte er sich auf dem feuchten Kies hinter den Hecken, von denen die Zaunkönige aufflatterten. Sein Gehirn brachte Millionen von Malen in einer Minute den Namen Ninettas hervor! So heftig er auch die Finger auf die geschlossenen Lider preßte, um die Wohltat des Schlafes oder wenigstens der Dunkelheit zu finden; so tief er auch den Kopf in die Kissen vergrub oder gar, vor dem Bette kniend, zwischen die beiden Matratzen schob; so ausdauernd er die Schienbeine an die Bettkante schlug oder barfuß auf dem Gartenkies umherwanderte – es gelang ihm nicht, seinem närrisch gewordenen Gehirn Einhalt zu gebieten. Eines Nachts schien es endlich, als solle sich das Leben dieses neununddreißigjährigen Mannes, der gerade am Tag zuvor zum Ritter der Krone Italiens ernannt worden war, in die armseligen drei Silben des Namens Ninetta ergießen und unaufhaltsam verrinnen. Zum Glück brachte der Morgen einen plötzlichen Temperaturrückgang, kühlte den Kopf des Verliebten ab und stellte seine Ruhe wieder her.

Die Nachricht, daß er von der Regierung in Rom mit jenem Titel geehrt worden war, wurde ihm von seinem neuen Freund, dem Malteserritter Panarini nach Cíbali gebracht. Denn Giovanni hatte seine Freunde ausgewechselt, so schwer das auch in einem Alter fallen mag, in dem wir das Buch von uns weghalten, um besser lesen zu können.

Aber die alten Freunde mit ihren ordinären Gesprächen über das Weib paßten nicht mehr zu ihm! Im übrigen muß zu ihrer Entschuldigung bemerkt werden, daß es nicht leicht war, an Giovannis Seite zu gehen. Wie alle verliebten Catanesen wurde er, sobald er in der Entfernung Ninettas Gestalt oder eine Freundin von ihr auftauchen sah oder irgendein Zeichen bemerkte, das ihre baldige Erscheinung ankündigte, von einer wütenden Furcht befallen – dem Kommandanten einer alten Festung vergleichbar, die vom Feind überrascht wird, während die Tore geöffnet sind und auf den Kanonen die Wäsche zum Trocknen hängt. Nichts war an Ort und Stelle für Giovanni, besonders was die Haltung und den Anzug des Freundes betraf, sobald sie erschien: »Dreh dich um!« schrie er mit erstickter Stimme. »Schau nicht hin! ... Steck die Zeitung weg ... Setz deinen Hut gerade! ... Sprich jetzt nicht!« Und manchmal drehte er den Freund brutal mit dem Kopf gegen die Mauer. Er fürchtete immer, irgendein Zeichen könne dem Mädchen den Verdacht einflößen, er habe einen andern gebeten, für ihn hinzuschauen: eine Leichtfertigkeit, die unter den Verliebten in Catania als verabscheuungswürdig gilt; als beinahe ebenso verabscheuungswürdig, wie wenn man seiner Umgebung unter den Augen der vorübergehenden Frau verrät, daß man in sie verliebt ist. Der

Baron Licalzi zum Beispiel, der gleichfalls rettungslos in Ninetta verschossen war, trieb die Scheu vor einer solchen Beleidigung so weit, daß er stets die Orte aufsuchte, die am weitesten von jenen entfernt waren, wo sie sich zu zeigen pflegte, ja er reiste sogar wiederholt ab und blieb der Stadt fern, mit dem Erfolg, daß das Mädchen nicht die leiseste Ahnung vom Dasein eines so feinen und erlesenen Menschen hatte.

Um nun zu unserem Ausgangspunkt zurückzukehren: Die alten Freunde waren weder so geduldig noch durch die Liebesleidenschaft so veredelt, daß sie bereit gewesen wären, alle Unarten Giovannis hinzunehmen und zu verstehen. Keiner war imstande, sich so zu verhalten wie der Malteserritter Panarini, der, wenn ihn Percolla am Arm packte und ihn zwang, sich wegzuwenden, sich zuzuknöpfen, sich den Hut in die Stirn zu ziehen, die Zeitung wegzustecken, nicht zu lachen oder nicht zu sprechen, nur ein »Ja, ich verstehe! Ich verstehe!« vor sich hinseufzte.

Giovanni verabschiedete seine alten Freunde und suchte sich neue unter den Verliebten von Catania. Und zwar nicht unter den frisch oder unstet Verliebten, sondern unter denen von langer und erprobter Treue.

Doch wie stellte er es an, sie herauszufinden? Oh, ein erfahrenes Auge unterscheidet sie leicht inmitten der gemeinen Menge! Es verrät sie allein schon jener abgestandene und muffige Geruch, den eine Person ausströmt, in der seit zwanzig oder dreißig Jahren eine heimliche Liebe wohnt. Ihr Benehmen ist fein und liebenswürdig, aber ihr Auge, das gewohnt ist, den Blick über Schultern und Hüte oder durch Bäume und

Häuser bis zu ihr zu senden, die ihn nicht erwidert, glänzt matt wie ein alter Leuchtturm über einsamem Meer. Aber wie verliebten sie sich denn? Sehr einfach: sie sahen und wurden entflammt. Und wer war die Erwählte? Fast immer eine Frau, die aufgrund ihres Vermögens, ihres Blutes oder ihrer Berühmtheit etwas Seltenes und Außerordentliches darstellte.

Als Giovanni eines Tages gegen elf die größte Konditorei der Stadt betrat, sah er den Malteserritter Panarini Galed am Türpfosten lehnen. Ein seidener Schal umhüllte seinen Hals, und ein Filzhut mit untergeschlagener Krempe verdeckte ihm halb das Gesicht. Vor zwanzig Jahren lächelte die Tochter des Fürsten Carosio, heute Herzogin von Parlova und Palastdame am rumänischen Hof, von ihrem wappengeschmückten Balkon herab diesem schmächtigen und damals jungen Manne zu. Dann war das Lächeln immer spärlicher geworden, und zuletzt schenkte sie einem alten Herzog ihre Hand. Zwanzig Jahre unerschütterlicher Liebe haben das Leben Panarinis vieler Episoden beraubt. Ein Mann kann nicht zugleich handeln und sich erinnern: Panarini zog es vor, der Erinnerung zu leben, und die tiefste Spur, die sein Erdenwandel bisher zurückgelassen hat, ist die Höhlung in seinem Sofa.

Bald darauf traf Giovanni auf der einzigen Treppenstufe der gleichen Konditorei eine Person im Pelzmantel, welche, die rechte Gesichtshälfte dem Spiegel nähernd, ein Büschel weißer Haare unter den Hut zu drücken versuchte. Es war Herr Laurenti, der seit dreißig Jahren das reichste Fräulein der Provinz liebte. Unfähig, eine Handlung zu begehen oder ein Wort auszusprechen, um die Aufmerksamkeit auf sich zu lenken; bereit, sich an den Schirokkoabenden im Nebel zu verflüchtigen und es dem Gutdünken der Autofahrer zu überlassen, ob sie ihn töten wollten oder nicht, hatte Laurenti doch sein Herz im luxuriösesten Palast der Stadt verloren. Warum gerade dort? Schwer zu sagen: vielleicht aus dem gleichen, natürlichen Impuls und dem gleichen Mangel an Berechnung, aus denen eine Schwalbe sich entschließt, ihr Nest im kostbaren Kronleuchter einer Kirche zu bauen, anstatt unter einem Dachziegel.

Endlich hatte Giovanni einige Cafébesucher beobachtet, die mutterseelenallein an einem Tischchen saßen und in der Hand (zwischen Daumen und Zeigefinger) eine Margerite oder einen Jasminzweig hielten. Wer waren die, Gott der Heerscharen? Die Anbeter der großen Sängerinnen. Sie hatte der Liebesstrahl beim A oder H getroffen. Alle miteinander haben sich in dem Augenblick verliebt, in dem die Sopranistin die höchsten Töne schmetterte. Obwohl ja, genau betrachtet, die Anstrengung, einen hohen Ton auszuhalten, das Gesicht verzerrt und eine Frau nicht gerade dann, wenn der Hals anschwillt, der Mund sich verzieht, der Gaumen schimmert und die mächtig gewölbte Brust das Kleid nach oben zerrt, in der günstigsten Lage ist, um einen Mann mit ewigen Banden an sich zu fesseln. Aber diese Art von Verliebten gewahrt niemals die physischen Eigentümlichkeiten einer Frau, besonders dann nicht, wenn sie augenblicksgebunden sind; ja sie schauen, um sie zu sehen, nicht einmal dorthin, wo sie wirklich steht. Wie dem auch sei, viele berühmte

Sängerinnen haben in Catania ihre alten und getreuen Anbeter, und wenn ihre Fermaten bei einer Übertragung die Lampen aller Zimmer erzittern lassen, in denen ein Radioapparat läuft, dann ist keine einzige dieser Erschütterungen mit denen gewisser einsamer Herzen in Catania vergleichbar, die seit Jahrzehnten schweigend verehren.

Giovanni hatte diesen Personen niemals eine besondere Bedeutung beigemessen; aber als er eines Tages mit seinem Ellbogen gegen den Ellbogen Panarinis stieß, fühlte er jene unbestimmte Wärme, die ein Pferd spürt, wenn es im Dunkel der Nacht eine Herde durchquert, die mit ihren Hörnern und ihrem Fell an seine Flanken streift, bis es endlich auf einen Artgenossen trifft; dann machen die beiden Tiere halt, legen ihren Hals übereinander, streicheln sich gegenseitig mit dem Huf die Fesseln und wiehern schließlich einander in die Ohren. So blieben Giovanni Percolla und Alberto Panarini voreinander stehen, lächelten sich zu, drückten sich die Hand und gestanden einander, sie hätten ihr ganzes Leben lang vom Gesicht des andern behauptet: »Dieses Gesicht ist mir nicht neu, und es ist mir sehr sympathisch!«

Die Freundschaft mit Panarini wurde zum Ariadnefaden, der Giovanni durchs Labyrinth der Verliebten Catanias geleitete: nach und nach lernte er sie alle kennen. Neue, ruhige Stimmen begannen ihn zu duzen, und es passierte ihm, daß er mit einem *Du* Personen antwortete, deren Namen er oft vergaß.

Jedenfalls atmete man unter diesen Leuten eine ganz andere Luft. Die Sanftheit, das diskrete Schweigen, der

Anstand, die Liebe zur Musik und zu gewissen Dichtern ließen es niemals zu, daß die Gemeinheit die Herrschaft über diese Gemüter gewann. Von ihnen mußte er nicht befürchten, der Angebeteten unsanft entgegengestoßen zu werden: Laurenti war leicht wie ein Vogel, und Panarini war zwar groß, aber es war schwer, seinen Arm unter den Falten seines Anzugs zu finden.

Freilich wurde Giovanni auch hier Zeuge von Szenen der Gewalt, die seine Schlaflosigkeit vermehrten. Zum Glück war es die würdevollste aller Formen von Gewalt, oder wenigstens die einer so edlen Gesellschaft angemessenste: die erlittene.

Die Verliebten von Catania lebten in unaufhörlicher Furcht vor jemand: »Meine Feinde«, wie sie, die Augen verdrehend, sagten. Ihr einsames Leben war bedroht von Schreien Unbekannter, die ihren Namen hoch droben, beinahe inmitten der Dächer aussprachen, und von schrecklichen Anrempelungen durch Leute, die gesenkten Kopfes dahinrannten. Zu diesen Ängsten kam bei Panarini eine wahrhaft panische vor seinem eigenen Vater. Während sich vielleicht in jenem Augenblick die Herzogin von Parlova voll Liebe seiner erinnerte und sein Bild nur wenige Schritte vom rumänischen Königsthron entfernt stand, klapperte er mit den Zähnen und zitterte wie Espenlaub, wenn er sich in der Nähe des Palastes der Familie Carosio aufhielt und ein Freund mit dem Warnruf »Dein Vater!« gelaufen kam.

Dem ersten Antrieb gehorchend, hatte Giovanni beschlossen, seine neuen Freunde tatkräftig zu verteidigen: und in der Tat stritt er sich mit einigen Gruppen andersdenkender Catanesen...

Die Gemüter hatten sich entzündet, und die Dinge schienen einen schlimmen Lauf nehmen zu wollen, als über den Bäumen des Stadtparks der Mond aufschimmerte.

An diesen Augustmond wird man sich in Catania noch viele Jahre erinnern. Er brachte eine unermeßliche, wenn auch nur vorübergehende Sanftheit in die Sitten und verstärkte die Liebesempfänglichkeit so sehr, daß selbst Monosola erbleichte, dahinschmolz und ganz die ordinären Geräusche verlernte, um derentwillen er unter den Freunden berühmt war. Für viele war das Ziel ihres verliebten Seufzens ein einziges: Maria Antonietta dei Marconella. Doch Giovanni war darüber nicht allzusehr verärgert; er brachte es nicht fertig, Personen zu grollen, die nicht schliefen, nicht aßen und niemals an den Gegenstand ihrer Träume das Wort gerichtet hatten. Eine tiefe Neigung verband ihn vielmehr mit diesen Leuten, die sich täglich besser kleideten und immer engere Anzüge wählten, um der zunehmenden Magerkeit ihrer Körper Rechnung zu tragen.

7

Wenn der Schirokkowind den Himmel von Catania verdüstert, dann verliert der Mond seine Form, als sei er eine faule Orange: ein glanzloser Staub umhüllt Menschen und Gebäude, und das ganze Weltall scheint auf eine schmutzige Scheibe gezeichnet. Wird dann auf irgendeiner Terrasse ein Ball abgehalten, so ist da kein Kleid und kein Juwel, das zu funkeln vermöchte, und auf den wachsfarbenen Gesichtern der Mädchen liegt eine unüberwindliche Schlaftrunkenheit.

Niemand hat mehr die Kraft, gegen die Langeweile und die bleierne Müdigkeit anzukämpfen, ja auch nur die Hand zu erheben, um Fliegen und Mücken fortzuscheuchen; und von einem hohen Türmchen hängt, wie das Banner der lethargischen Stadt, matt und schwer ein weißes Laken, das man am Tag zuvor zum Trocknen aufgehängt hatte.

Doch wenn der Wind aus dem Norden, schwer von den frischen Düften der Berge, die nächtlichen Dünste verjagt, oh, dann ist der Sommermond in Catania heller als die Mittagssonne in Deutschland.

Ein reines Licht läßt alles aufleuchten, was sich bewegt, vom Spiegel auf einem Wagen bis zum kleinsten Wurm, der im Staub dahinkriecht. Der Schläfer erwacht und sieht auf den geschlossenen Läden ein weißes Feuer brennen, das fähig wäre, einen Stein zum Schmelzen zu bringen, obwohl es doch so still und ohne Wärme ist;

und selbst in der unterirdischen Speisekammer, die niemals ein anderes Licht als das einer Kerze erhellt hat, beginnen die Mauern und die Fliesen des Bodens in einem schwachen Silberglanz zu schimmern, so daß sich die Umrisse des muffigen Käses und der halbverfaulten Weintrauben abzeichnen. Auch die Fliegen, die zu den Fenstern hinausschwirren, funkeln in der Luft und sind nicht mehr schwarz, sondern weiß wie Perlen.

Wenn in einer dieser Nächte in irgendeinem Hof ein bescheidener Ball stattfindet, zu dessen Feier die Armen ihre Bänke herausgetragen haben, dann scheinen die Augen der Mädchen aus einem unzerstörbaren Stoff gemacht, bestimmt, durch die Jahrhunderte zu strahlen; die Hühner auf ihren Leitern sehen wie Pfauen aus, die Tauben auf dem Dach wie Schwäne, der Schmutz auf dem Hof wie Samt, und die Kleider aus grobem Stoff wie kostbare Schleier. Die Welt ändert ihren Wert, der Preis der Dinge steigt ins Ungemessene, und der Spaziergänger, der mit der Spitze seines Stocks an eine alte Mauer stößt, löst vielleicht ein Steinchen los, das sich selbst in der Tiara eines Papstes sehen lassen könnte.

Wie der Bauer, der seit vielen Jahren sein Geld beiseite gelegt hat, um sich ein schönes Pferd zu kaufen, und nun zum Markte kommt und die schönsten Tiere der Welt versammelt sieht, worauf er beschließt, hier oder nirgends seine ganzen Ersparnisse anzulegen, so ergeht es den Männern von Catania in solchen Mondnächten: nach Jahren freudloser Untätigkeit, in der sie nur der Gedanke aufrecht hielt, die kleinen Gelegenheiten für eine bessere und größere aufzusparen, tauen sie plötzlich auf, und ihr Herz schreit ihnen zu, jetzt oder nie gelte es, das ganze Leben bedenkenlos dahinzugeben. Doch wie, wo, an wen? Mit funkelnden Knöpfen irren sie im Mondenglanz umher, unermüdlich dem kleinsten Vorwand zu jedweder Narrheit nachjagend. Eingefleischte Junggesellen, welche die Hand reicher und edler Eleonoren und Helenen zurückgewiesen haben, wären in einer dieser Nächte bereit, die erste beste Agathe heimzuführen, die sich am Fenster eines bescheidenen Erdgeschosses zeigte. Geizhälse, welche die schmerzhaftesten Steine in ihrem Körper bewahrt haben, nur um nicht den Chirurgen zu bezahlen, würden jede beliebige Summe anlegen, um einen Betrunkenen auf einem Bein hüpfen zu sehen oder einen Stadtpolizisten, wie er in Unterhosen auf den Balkon tritt.

Leute, die Angst vor dem Reisen haben und deren einziger Koffer seit langem in ein Eckmöbel verwandelt worden ist, das man nicht mehr von der Stelle rücken kann, ohne daß ein Spiegel herunterfällt und das Licht ausgeht, würden nun, durchs Wasser watend, das nächste, und sei es auch undichte Boot besteigen, um sich nach Ägypten einzuschiffen.

Was in einer solchen Nacht den Verliebten zustößt, bleibt ein Geheimnis, denn der stille Mond lehrt sie allein das tiefe Schweigen, mit dem er seit Jahrtausenden durch den Äther zieht, aber wer am Morgen einen Blick auf ihre Hände wirft, entdeckt auf ihnen rote Stellen: wieder und wieder haben sie während der Nacht ihre Zähne hineingegraben, um nicht aufschreien zu müssen vor Seligkeit oder Verzagtheit.

In einem so heiklen Augenblick des Lebens traf Giovanni Percolla das Schicksal dieses Mondes. Seine Ruhelosigkeit wuchs. Sie wuchs so sehr, daß das schräge Auge des Dieners, wenn es am Morgen das von Schlaflosigkeit verwüstete Gesicht des Herrn erblickte, noch schräger wurde und sich in alle Richtungen drehte, um den Ausdruck des Mitleids nachahmen zu können. Giovanni war auch nicht eine Sekunde Schlaf gegönnt; stehend oder sitzend ruhte er alle halben Stunden ein paar flüchtige Augenblicke, die Lider senkend wie ein Roß, das in der Sonne steht.

Er vertraute sich Panarini an, aber nicht einmal dem gelang es, Ruhe zu finden. Die Herzogin von Parlova war aus Rumänien zurückgekehrt, und der höchste Balkon des Palastes derer von Carosio, dessen Läden nach langer Zeit wieder geöffnet worden waren, sandte durch die Vorhänge ein schwaches Licht. Wie soll man schlafen, wenn hoch droben unter dem Himmel ein solches Licht erstrahlt? Laurenti, welcher dem Gespräch beiwohnte, seufzte »Ich!« – und hielt inne.

»Du?« fragte Giovanni.

»Ach, ich schlucke Abend für Abend eine schwarze Pille, die mich in einen Schlaf versenkt, so tief wie das Meer. Aber gegen zwei Uhr in der Früh...« Gegen zwei Uhr in der Frühe pflegte sein jüngerer Bruder, der im Gegensatz zu ihm dick, vital und sanguinisch war, mit einem unwiderstehlichen Heißhunger aus dem Schlafe hochzufahren. Er stand auf, wanderte, die Kinnladen bewegend, durchs Haus, öffnete Schubladen und Schachteln, zündete das Gas an und begann sich ein Beefsteak zu braten. Der beißende Rauch des brutzelnden Öls zog durchs Haus und drang ins Zimmer des magersten aller Laurentis, mit dessen Nachtruhe es ein für allemal vorbei war.

Die Anbeter Ninettas, und unter diesen Monosola, der mit dem Klappern seines Holzbeines die Straße der Marconella beunruhigte, gähnten am Abend wie Hunde an der Kette. Monosola gestand seinem Freund Giovanni: »Bevor ich zu Bett gehe, hänge ich mich an die Serenolflasche und trink das Zeug, als ob es Wasser wäre!«

»Und schläfst du dann?«

»Während der ersten Stunden ja!...«

Daraufhin erstand Giovanni eine Flasche Serenol und las den ganzen Abend die Aufschrift: »Gegen Angst-, Spannungs- und Erregungszustände. Beruhigt und betäubt«. Er trank ein Gläschen und ging zu Bett. Sofort fiel er in einen Schlaf, der vier Stunden dauerte, aus dem er jedoch mit einem solchen Verlangen erwachte, im Gedanken an Ninetta die wenigen, frischerworbenen Kräfte zu verbrauchen, daß er halbbekleidet in den Garten hinunterging.

Der Tag dämmerte. Der Mond ging unter in einem Licht, das nicht mehr ihm gehörte. Das Meer in der Ferne schien wie leer unter den Schatten der Wolken. Dann verschwand der Mond, und weinrot erhob sich die Sonne aus dem Wasser und warf ein Licht über die Erde, das aus dem Saft aller Tomaten, Kirschen und indischen Feigen gemacht schien, die ringsum auf den Feldern wuchsen.

Giovanni zog sich in sein Zimmer zurück und tat, was man tut, wenn man ein liebes Wesen in der Nacht verloren hat und nun die Sonne aufgeht, und das liebe Wesen sieht sie nicht mehr aufgehen: er verbarg sich in einer Ecke des Zimmers und begann Ninetta mit den süßesten Namen zu rufen. Er rief sie Täubchen, Honigbätzchen, Glockenblümchen, und schließlich mit Wörtern, die gar nichts mehr bedeuteten: Nacanaca, Pilipili, Zuzu, Lapina!

In der folgenden Nacht schlief er nur noch eine halbe Stunde, obgleich er die Serenoldosis verdoppelt hatte. Und in der übernächsten tat er kein Auge mehr zu.

»Du mußt sie kennenlernen!« sagte Panarini zu ihm. »Ich werde dich vorstellen! Heute abend besuchen wir einen Ball im Café von Ognina, und morgen das Strandbad...«

An jenem Abend waren im Café von Ognina Ninettas Anbeter vollzählig versammelt: mit traurigen Gesichtern und weißschimmernden Negeraugen kauerten sie unter den Palmen und zogen in einer unbeschreiblichen Unruhe bald ihre Jackenärmel bis zum Ellbogen hoch, bald krempelten sie ihre Hosen auf. Wer aber nicht erschien, war Ninetta.

Giovanni kehrte, die Hände auf dem Rücken, an der Spitze der ganzen Schar nach Hause zurück.

Seit jenem Abend nahm er am gesellschaftlichen Leben teil. In eine pistazienfarbene Jacke gehüllt, besuchte er die nächtlichen Veranstaltungen in Ognina; er nahm an den Gesellschaftsspielen teil und durcheilte, mit einem Fuß an ein Fräulein gefesselt, die Terrassen, dann blies er, sich plötzlich umwendend, die Kerze des Fräuleins aus, und endlich antwortete er auf die Frage der Gefährtin: »Warum fühlst du solchen Schmerz?«

schlagfertig mit einem: »Weil ich aus Lieb' verzweifelt bin!«

Endlich wurde er Ninetta dei Marconella vorgestellt. Panarini hielt sich an seiner Seite, und indem er so tat, als stütze er sich auf seinen Arm, bewahrte er ihn in Wirklichkeit vor dem Umfallen. Giovanni sprach, ziemlich gefaßt, nur wenige Worte. Seine kurze Unterhaltung mit Ninetta war so alltäglich wie möglich, ja manchmal geradezu eisig; aber ihr honigsüßes Lächeln, der unbestimmte Glanz um ihre Haare, die Augen und das Oval des Gesichts, das leise bebte wie der Mond im Wasser, versetzten Giovanni in den siebten Himmel.

Es war ihm immer, als lebe er in schwindelerregender Höhe; und während in der Nacht die Freunde miteinander plauderten, irrten seine Augen vom Sirius zum Jupiter und vom Großen Bären zum Algol. Alle Blicke, die er im Laufe seines Lebens zur Himmelswölbung emporgesandt hatte, machten nur ein Zehntel derer aus, die er jetzt zwischen acht Uhr abends und drei Uhr morgens auf Reisen schickte. Sein Gefühl des Allumfassenden vertiefte sich: er liebte Ninetta seit tausend Jahren; sie vereinigte in sich die schönsten Frauen aller Zeiten und er die berühmtesten Männer. Eines Nachts, als er Julius Cäsar war und zu Ninetta Cleopatra ging, betrat er gedankenlos ein Haus, dessen Läden mit Ketten verschlossen waren; und seltsam, unter den vorhandenen Mädchen wählte er für sich das häßlichste. Seitdem er die schöne Toskanerin liebte, schämte er sich, der Schönheit nackt und begehrlichen Blicks vor die Augen zu treten, fast als ob Ninetta ihn aus den Pupillen aller Frauen anfunkelte, die nicht häßlich waren. Um gewisse Bedürfnisse zu befriedigen, die ihn im übrigen nur selten anfielen, ging er auf die Suche nach einem Geschlecht, das ihm und Ninetta fremd war: das der häßlichen Frauen.

»Ich auch!« bekannte Panarini. »Ich auch!«

Mehr sagte er nicht. Wie hätte er auch gestehen können, daß er sich fast jede Nacht in eine niedrige und rauchgeschwärzte Bude schlich, in der bei seiner Ankunft ein ungewaschenes Frauenzimmer das Petroleumlicht herunterschraubte? Die Herzogin von Parlova schimmerte auf dem Balkon ihres Palastes, gleichsam am erhabensten Punkt des Weltalls, und Panarini, der wegen seiner schwachen Nerven gegen körperliche Bedürfnisse besonders anfällig war, verkroch sich am niedrigsten und von ihrem Balkon am weitesten entfernten Ort. »Was ist dir denn?« fragte ihn das Weib, und er, der noch am Abend zuvor geschworen hatte: »Meine Tante Caterina soll des Todes sein, wenn ich noch ein einziges Mal diese Schwelle überschreite!«, er ließ schweigend seine trauervollen Augen über die spinnwebenbedeckten Wände schweifen. Mit der Zeit nahmen die Schwüre immer schrecklichere Formen an: »Meine Schwester soll tot umfallen!« – »Ich soll das Augenlicht verlieren!« – »Mir soll einer im Dunkeln eine Kugel in den Bauch schießen!« – Und sein Gesichtsausdruck wurde, während er die bewußten Spinnweben betrachtete, immer verzweifelter...

»Ach, dir geht's genauso?« fragte Giovanni. »Wie seltsam ist doch die Natur!«

Aber von ihrer allerabscheulichsten Seite zeigte sich die Natur, als er wieder einmal tief in der Nacht seinem

Hause zustrebte. Das Mondlicht schien über die Dinge zu streifen wie ein Bogen über zahllose Violinsaiten und ihnen unaussprechliche Töne zu entlocken – da verriet ihm ein lästiges Jucken, daß eine gewisse Stelle seines Körpers von unreinen Tierchen heimgesucht war.

»Oh, das nicht! Das auf gar keinen Fall!« begann er zu schreien, indem er durchs Zimmer hüpfte wie eine Maus, der man Feuer unter dem Schwanz gemacht hat.

Er verzehnfachte die für seinen Fall vorgeschriebene Salbenmenge, er strapazierte seine Haut, bis sie sich mit Blut und Krusten bedeckte; und es gelang ihm, in einem einzigen Tag die unsäglichen Insekten von seinem verliebten Körper zu verbannen.

So konnte er den Lido aufsuchen, an dem Ninetta zu baden pflegte.

Freilich wagte er es nicht, sich ihr zu nähern, sondern zog es vor, in zweihundert Metern Abstand von ihrer Kabine dem Sand die Spuren seines Bauchs und seiner Knie aufzudrücken. In der gleichen Entfernung sah man andere Anbeter, die weder mager noch gelenkig waren, mit pflugscharähnlichen Bewegungen dahinkriechen.

Diese Spuren beschaulicher Männer, welche imstande waren, fünf Stunden lang unbeweglich in der Sonne zu liegen, würde der wütende Herbstwind und das Meer mit seinen tausend Zungen auslöschen; aber den ganzen September hindurch blieben sie in unausfüllbarer Tiefe erhalten und bewahrten selbst des Nachts noch die Wärme jener von der Sonne und dem Fieber verbrannten Körper. Im Dunkeln schien der

Lido beim bleichen Licht der Sterne wie ein weites Feld von leeren Gräbern.

Als Giovanni das erste Mal zum Meer hinausfuhr, stieß er in der Straßenbahn mit Muscarà zusammen, der vergeblich versuchte, eine plattnasige Schöne in der Nähe der Tür auf seine tiefen Bücklinge aufmerksam zu machen.

»Warum machst du denn solche Verrenkungen? Um dieser Küchenschabe zu gefallen?« fragte ihn Giovanni in einem Versuch, wieder zu seiner ungeschminkten Ausdrucksweise zurückzukehren.

»Du, die hat eine stahlharte Brust!« flüsterte ihm Muscarà augenzwinkernd zu. »Da kannst du Haselnüsse drauf knacken! Ich hab's beim Tanzen gespürt!«

Diese Antwort, welche ihn an eine ihm fremdgewordene Lebensweise erinnerte, rief Giovannis ganzen Widerwillen wach. – Nein, Muscarà ist unerträglich! sagte er zu sich selbst, indem er dem einstigen Freund den Rücken wandte.

Am Meer traf er Monosola, der, das steife Bein hinter sich herziehend, einer Stelle des Strandes entgegenhumpelte, von der aus der blaue Fleck, zu dem die Entfernung Ninetta gemacht hatte, noch irgend etwas Menschliches zu zeigen versprach. »Wir sind alle versammelt!« rief Monosola.

»Ach ja, alle versammelt«, stimmte Giovanni bei.

Auch die jungen Burschen behandelten den Cavaliere Percolla mit ehrerbietiger Sympathie. Einer von ihnen, der durch seinen schwarzen Bürstenkopf auffiel und den man öffentlich »Bademeister« und privat »Tarzan« rief, begrüßte Giovanni bei seiner Ankunft am Strand je nachdem mit einem: »Cavaliere, das Meer ist leer!«, was soviel bedeutete, als daß Ninetta noch nicht gekommen war – oder mit einem: »Cavaliere, das Meer hat sich belebt!«, was das Gegenteil besagen wollte...

»Mein Gott!« tuschelte ihm eines Tages Panarini zu. »Mein Gott, das Mädchen sagt, du bist ein Bär, du näherst dich ihr nicht und grüßt sie nicht einmal!«

Giovanni erzitterte. Aber am nächsten Tag saß er, die Füße im Wasser hängend, schweigsam, dick, schwarz, unbeweglich wie ein Sträfling, den man zur Schwemme führt, im Strandboot der Marconella.

Und so tat er von da an jeden Vormittag, ohne daß er etwas anderes hervorgestoßen hätte als einige *bitte, danke schön, guten Tag, ja, nein*. Es waren dies die besten Augenblicke seines Lebens (das wußte er), und zugleich waren es schreckliche Augenblicke. Wenn eine Hand sich auf seine Schulter legte und von hoch droben, gleichsam vom Himmelszelt herab, ein »Gestatten Sie?« sein Ohr traf und er, ohne hinzuschauen, erkannte, daß es ihre Hand und ihre Stimme waren und daß sie schon, zum Kopfsprung fertig, auf dem Sitz stand, dann war es ihm, als entleere sich das ganze Meer und als sinke das Boot lautlos hinunter bis auf den Grund des Meeres.

Eines Abends kam Panarini mit einem Gesichtsausdruck nach Cíbali, als habe er den Tod eines gemeinsamen Freundes mitzuteilen.

»Was gibt's?« fragte Giovanni voller Besorgnis.

Panarini antwortete nicht gleich; dann murmelte er langsam: »Du mußt etwas zu ihr sagen! ... Gib dir doch endlich einen Ruck!«

»O Gott, o Gott!« rief Giovanni aus, ins Herz getroffen von den neuen, schrecklich-süßen Pflichten, welche ihm das Fortschreiten der Zeit und der Umstände auferlegte.

»Sprich! Öffne diesen Mund! Gott hat uns die Rede verliehen!«

»Ja, ich will sprechen«, gurgelte Giovanni in der Tiefe seiner Brust.

Doch der nächste Tag war einer der schweigsamsten seines Lebens: Alles, was man auf dem Gesicht der Dummköpfe und auf mißlungenen Fotografien jemals an Negativem angetroffen hat, stand ihm auf dem Gesicht geschrieben, solange er mit Ninetta in der Barke saß.

Erst als der mittägliche Böllerschuß ertönte, gab er sich einen Ruck und stammelte: »Dank... dafür!«

»Wofür, Herr Giovanni?«

»... Ach, nichts!«

Das Mädchen wartete auf eine Fortsetzung, aber da keine kam, legte es sich in die Ruder und brachte diesen Mann, der von fern, aber auch von nahe einem Felsblock glich, wieder ans Ufer.

Am nächsten und an allen folgenden Tagen ging es nicht besser.

Giovanni reiste mit jenem anderen Ich, welches kein Wort hervorgebracht hatte, gen Cíbali wie mit einem mißratenen Kind, das man in der Öffentlichkeit nicht verhauen konnte und deshalb schleunigst nach Hause bringt: er fügte sich mit halblauter Stimme die härtesten Kränkungen zu. Daheim verabfolgte er sich dann endlich die Prügel, die er sich selber angedroht hatte, indem er mit dem Kopf gegen die Türfüllungen rannte und die Zähne in seine Hände grub. In seinem Innern beherbergte er einen Giovanni, den er haßte, einen tölpelhaften, einen unnützen, einen lahmen Giovanni. Der brachte ihn so sehr um den Verstand, daß er, trotz unverändert reiner Liebe zu seiner Mutter, wie ein Besessener ein um das andere Mal ausrief: »Du Hurensohn! ... Verfluchter Hurensohn!«

In der Tat, nicht einmal mit einer Zange hätte er sich in Ninettas Gegenwart ein Wort aus dem Munde zu reißen vermocht! Und bald ging die Badesaison zu Ende! ...

Zum Glück kam ein Lunapark nach Catania, der seine Zelte auf dem freien Platz der städtischen Anlagen aufschlug. Ein paar Trompeten, die silbern zwischen den Trauerweiden und Pfefferbäumen schmetterten, rüttelten die Bürger aus ihrer trägen Teilnahmslosigkeit.

Die Gelegenheiten, Ninetta zu sehen, verdoppelten sich.

8

Der Eingang zum Stadtpark erstrahlte von farbigen Lichtreklamen. Über den Baumkronen entstanden alle Augenblicke Schlangen, Fontänen, Schmetterlinge, Fliegen, die groß waren wie Adler, und Adler, die klein waren wie Fliegen, Fratzen berühmter Männer, freundliche Worte an das Volk von Catania und endlich, wie um die allgemeine Zwangsvorstellung nicht in Vergessenheit geraten zu lassen, die Reklame fürs Serenol: »Nehmt Serenol, und ihr schlaft!« (Selbst von seiner Terrasse in Cíbali aus sah Giovanni, auf dem Sessel sitzend, den er mit dem nutzlosen Bett vertauscht hatte, diese Leuchtschrift am Himmel von Catania.)

Auf dem Platz im Stadtpark luden unter dem Lärm der Drehorgelmusik und dem Gekreisch der Karussellwagen ein Dutzend Buden und Brettergerüste die Bürger ein, wie Bälle gen Himmel zu steigen, verwegene Zickzackfahrten zu unternehmen, Purzelbäume zu schlagen, zu schießen, Angst zu haben, Schiffe in den Grund zu bohren, zu lachen, sich zu erbrechen und, gegebenenfalls, zusammen mit der geliebten Frau einen Augenblick des Dunkels auszunützen.

Am ersten Abend zog die Menge argwöhnisch und stumm an den Holzgeländern und Verkaufsständen vorüber, und die Männer brummten ihren Frauen, die sich fast hinter ihrem Rücken versteckten, die Warnung zu: »Das ist nichts für Frauen!« Doch als am zweiten Abend der Fürst von Roccella ein kleines Rennauto bestieg und mit seiner Tochter ein Wettrennen veranstaltete, daß die Funken stoben und das Geknatter der elektrischen Kontakte die französischen Worte übertönte, die sie einander zuriefen, durchbrach die Menge mit einem Jubelschrei die Schranken, und die verschiedenen Karussells füllten sich mit schreckensbleichen Gesichtern und verzweifelten Anrufungen der Jungfrau Maria.

Die Kleider flogen: hoch droben auf einem Gerüst blitzten die Beine eines Mädchens auf. Wäre dieser Blitz von dem grollendsten aller Donner begleitet gewesen, er hätte kein stärkeres Zittern auslösen können. Es war, als hätte man dem Publikum vom Himmel hoch verkündet, seine Augen dürften heute die behütetsten Geheimnisse der Frau erblicken. Sogleich verdoppelte, verdreifachte, verzehnfachte sich die Menge; und die seit zwanzig Jahren gewohnt waren, sich zur gleichen Stunde auf die gleichen eisernen Stühle am Rande des Platzes zu setzen, mußten sich wohl oder übel klein machen und ihre Füße einziehen, wenn sie nicht alle Augenblicke aufschreien wollten: »Au! An Gift sollst du krepieren«, oder: »Auuu! Der Schlag soll dich treffen!«, oder auch: »Dich mitsamt dem Bock von deinem Vater soll's erwischen!...«

War es der Wirkung des Mondes zuzuschreiben oder dem Einfluß des Lachgases, das sich in jenem August in kleinsten Mengen in der Luft verbreitet hatte? Tatsache ist, daß würdige Damen und junge Mädchen mit der gleichen Begeisterung in den Lunapark drängten; und die braven Ehemänner schluckten stillschweigend ihre Verwünschungen hinunter, wenn ihre schöneren Hälften unter dem Gemurmel der versammelten Männerwelt in die Lüfte stiegen.

»Das ist ja beinah wie in Mailand«, rief Frau Badile aus, während sie in einem Schlitten die schwindelnde Höhe der Berg- und Talbahn erklomm und der Mann einer Freundin ihr, um sie zu stützen, die Hüften preßte. »Hm, warum auch nicht?« antwortete ihr zuvorkommender Kavalier, mit dem linken Falkenauge ihren Busenausschnitt durchforschend.

»Alle sind da! Komm du auch!« sagte Panarini zu Giovanni.

»Und sie?«

»Meinst du, da wird sie fehlen?«

Am Abend tauchten Giovanni und Panarini in der Menge der Soldaten und Bürger unter, indem sie bald Bocksgestank, bald Maiglöckchenduft, bald den schwer definierbaren Schimmelgeruch von Speisekammern einatmeten. Vor der Zickzackbahn, wo die Wägelchen, vorne geöffnet, einmal nach rechts und einmal nach links schwenkten, drängte sich das Männervolk am dichtesten.

»Da schau hin! Da schau hin!« rief ein junger Mann mit Wieselaugen. »Die Tochter des Generals, siehst du, wie sie sich an ihn drückt?«

»Und ob, und ob!« meinte ein anderer.

»Uh, uh, uh! Wo hat er nur seine Hand?« interessierte sich ein dritter.

»Wer denn?« fragte ein vierter.

»Na, er!«

»Ach ja! Heilige Mutter Gottes, er wird doch nicht seine Hand verloren haben!«

»Was für eine Hand denn?«

»Die rechte, alte Blindschleiche!«

»Tatsächlich! Da haut's mich um!«

»Steif wie ein Toter bin ich!«

Die Wagen verlangsamten ihre Fahrt und blieben stehen.

»Du, ich gehe!« sagte der, welcher zuerst gesprochen hatte.

»Nein, warte doch! Diese Tour wird die allerschönste! Jetzt steigt die Marzacane ein! Willst du dir die Marzacane durch die Lappen gehen lassen?«

In der Tat nahm die Marzacane, sich das Kleid niederhaltend, in einem der Wägelchen Platz.

»Na, das wirst du bald sein lassen!« brummte ein Soldat. »Zeigen mußt du die paar Sachen, die Gott dir geschenkt hat!«

Die Fahrzeuge setzten sich mit einem Ruck in Bewegung, und die Marzacane fuhr wie alle anderen mit der Hand zum Mund, um einen Aufschrei zu unterdrükken, während ihre Röcke ungehindert im Wind des tollen Zickzackrennens flatterten.

»Wer möchte auch von hier wieder fort?«

»Nicht, bis ich tot umfalle!«

»Turi!« rief etwas weiter weg eine Stimme. »Turi, komm hierher! Da mußt du stehen! Turi, Tuuuri!« schrie es dann, als liege jemand in den letzten Zügen. »Tuuuuri!...«

Giovanni und Panarini entfernten sich mit erhobener Nase, die Hände auf dem Rücken, den Ausdruck der Verachtung um den Mund. Aber vor den andern Karussells waren die Seufzer und Ausrufe, obwohl weniger laut, im Ton nicht verschieden: immer war es, als hätten die Männer eine speichelgefüllte Flöte im Mund.

»Alle sind da, alle!« murmelte Panarini. »Nur sie nicht!« fügte er leise hinzu.

Nur sie nicht! echote Giovanni im Geiste. Lange irrten sie in der Menge umher, welche ihnen die Ellbogen in die Rippen stieß, auf die Füße trat und markerschütternde Jubelrufe ausstieß. Immer dichter hüllten sie sich in Konfetti, Spucke, Pulverstaub und Bodenstaub, Gas- und Azetylengeruch, und auf ihren weißen Jacken blieben Spuren schwarzer Hände zurück, so dicht wie die Spuren der Füße auf dem Sand des Lidos. »Gehen wir!« sagte Giovanni endlich.

Und sie gingen.

»Niemals komme ich wieder hierher!« erklärte Panarini.

»Denke gar nicht daran!« echote Giovanni.

Dessen ungeachtet kehrten sie jeden Abend zurück: zu sehr ähnelte der Silberklang der Trompeten unter den Bäumen der Stimme der Hoffnung. Alle waren zugegen: warum sollte an diesem Abend nicht auch sie kommen?

Inzwischen hatten sie eine Entdeckung gemacht, welche die Bande zwischen ihnen noch inniger knüpfte. Hoch droben über den Wipfeln der Bäume und oberhalb der Scheinwerfer, dort, wo das Laub im

Dunkeln schlummern durfte, knüpften sich fast unsichtbare Fäden zwischen den fernen Balkonen und dem Platz des Stadtparks. Denn vom höchsten Punkt, den der Schlitten der Berg- und Talbahn nach einem vielfach gewundenen Weg erklomm, und eine Sekunde, bevor er ins Leere stürzte, sah man, klein in der Entfernung, die Terrasse der Carosios mit einem fast immer halbgeschlossenen Balkonfenster. Und Panarini betrat, obwohl er fürchterlich an Seekrankheit litt, alle Augenblicke den Verschlag der Bahn, besetzte ganz allein einen Schlitten und stieg in die Lüfte. Giovanni folgte ihm von unten mit den Blicken, sah, wie er eine durch Seile, Ketten und Stangen begrenzte Spiralbewegung ausführte und dann in stetiger Steigung den Wolken entgegenfuhr. Am Scheitelpunkt hielt der Schlitten einen Moment inne, und von hier warf Panarini seinen Adlerblick nach der Terrasse der Carosios und genoß einen Augenblick intensivster Freude. Gleich danach begann der unangenehme Teil des Unternehmens: der Magen drehte sich ihm um, der Abgrund tat sich auf, er hatte gerade noch Zeit, sich den Hut über die Ohren zu ziehen und die Augen zu schließen, dann stürzte er unter donnerähnlichem Getöse talwärts und endlich in Giovannis Arme, der ihn an seiner Brust empfing und zu ihm sagte: »Das darfst du nicht mehr tun! Du zitterst ja wie Espenlaub!«

Der andere öffnete und schloß ein paarmal die Lippen, als hätte er Gift verschluckt; aber er blieb stumm.

Laurenti hingegen überließ sich den Trieben seiner Natur, die ihn zu stillem Genießertum verführte.

Lange Jahre hatte er davon geträumt, mit der reichen Erbin Merlo eine Reise nach Venedig zu machen. Nun genügte eine einzige Lira, und er hatte Zutritt zu dem Zelt ›Mit der Gondel durch Venedig‹. Drinnen schien es in der Tat, als wäre man in der Lagune. Die Sinnestäuschung war vollkommen: Sechs Gondeln plätscherten, langsam kreisend, in einem ein wenig trüben Wasser, in das die Frauen ihre Hände tauchten: Venedig, auf eine große Kuppel gemalt, kreiste mit den Gondeln, und ein sehnsuchtsvolles Motiv klang auf. Laurenti stützte den Nacken auf das Kissen am Bootsheck, blickte ab und zu auf die Strohpuppe, die hinter ihm im Dämmerlicht das Ruder führte, und schlummerte langsam ein. Und da er stets die Gondel mit dem größten Lampion wählte, sah man im Widerschein des blauen Lichtes schon von weitem sein schlafendes Haupt: nicht ganz zu Unrecht fielen diesmal die brutalen Schreie, die ihn sein ganzes Leben verfolgt hatten, von allen Seiten über ihn her: »Mach, daß du ins Bett kommst!«

Giovanni schlug die Zeit am Schießstand tot, ohne je etwas zu treffen. Als er eines Abends wieder das Luftgewehr anlegte und zwischen den Zähnen ein: »Verdammte Sch . . .! Hier ist Mogelei im Spiel!« hervorstieß, trat Panarini von hinten an ihn heran und flüsterte: »Sie ist da!«

Giovannis Gewehr ging fast von alleine los, der Schuß traf ins Schwarze: ein Magnesiumblitz umfing die beiden Freunde, und eine Stimme sagte: »Bravo! Sie sind geknipst!«

Giovanni bezahlte sofort und begann, von Panarini mühsam gefolgt, durch die Menge zu irren.

An jenem Abend hatte sich der Lunapark um eine neue Bude vermehrt: die Geisterbahn.

Man nahm gewöhnlich zu zweien (Mann und Frau) in einem Wägelchen Platz, das auf Schienen in das geheimnisvolle Haus hineinfuhr; die Tür klappte wie unter einem Windstoß zu, und das Pärchen machte, von allen möglichen Schreckbildern geängstigt, eine lange Rundfahrt: nach ein paar Minuten tat sich eine andere Tür auf, und unter höllischem Geratter stürzte das Gefährt nach draußen. Die Zurückkehrenden trugen eine seltsame Miene zur Schau: es schien, als wollten sie über das Geschehene Schweigen bewahren; sie ließen nicht durchblicken, ob sie sich amüsiert, geängstigt oder gelangweilt hatten... Kurz, sie wußten, was sie wußten.

Diese Bude leitete einen neuen Abschnitt in der Geschichte der catanesischen Sitten ein: sie machte den Ehemännern klar, daß sie ihre Kollegen in Mailand und Paris nicht über die Schulter anzusehen brauchen. Was ist denn schon dabei, schienen sie mit ihren gekräuselten Lippen zu sagen, wenn meine Frau mit einem (selbstverständlich vertrauenswürdigen) Freund eins dieser Wägelchen besteigt und in seiner Gesellschaft eine Reise durchs Dunkel macht? Sie warteten geduldig vor der Tür, ihr Handtäschchen unter der Achselhöhle, und boten den boshaft forschenden Blicken der Junggesellenscharen ein beinah lächelndes Gesicht. Wenn sich in der Geisterbahn ein klagender Laut, ein Mittelding zwischen einem Trompetenstoß und dem Miauen einer kranken Katze erhob (der Schrei der Hexe), dann atmeten die Ehemänner auf: wenig später öffnete sich die Tür, und ihre Frauen kamen wieder zum Vorschein, ein bißchen blaß und ein bißchen zu gut zurechtgemacht.

»Wie war's denn, Liebste?«

»Ach..., ich weiß eigentlich nicht!«

Giovanni stieß auf die Gruppe Ninettas und ihrer Freunde gerade vor der Geisterbahn.

»Fahren wir 'rein?« riefen ein paar weibliche Stimmen.

Die jungen Herren hüstelten, um nicht zu verraten, daß sie an der Unternehmung ›interessiert‹ waren.

»Oh!« machte Ninetta mit ihrer Honigstimme. »Da ist ja auch der Herr Giovanni!« Und, indem sie ihren Arm in den seinen schob: »Er wird mich begleiten! Gehen wir!«

Panarini fand in dem Augenblick, da er ihm einen Stoß in den Rücken versetzte, noch Zeit zu der so leise wie möglich geflüsterten, telegrafischen Mahnung: »Sei kühn! Dein Glück steht auf dem Spiel!«

Giovanni antwortete nichts. Während er wütend, düster, entschlossen wie nie die drei Stufen zur Geisterbahn emporstieg, murmelte er ein um das andere Mal bei sich selbst: »Diesmal freß ich sie auf!«

Er setzte sich neben Ninetta ins Wägelchen; ihr Geruch war so nahe und so stark, daß ihm schien, als habe er sie schon aufgegessen und als sei sie Blut von seinem Blut.

»Hallo, Giovanni!« sagte die Stimme Panarinis. »Da kommt die Fotografie vom Schießstand!«

Giovanni empfing aus den Händen eines hemdsärmeligen Jungen einen kleinen Karton mit seinem Konterfei, auf dem er, das Gewehr an der Schulter, einem Ertrinkenden glich, der versucht, seinen Mund über Wasser zu halten.

»Ist es gestattet?« fragte Ninetta mit einem Finger auf dem Karton.

Doch genau im selben Augenblick stimmt die Drehorgel den Königsmarsch an, die Tür öffnet sich, und das Wägelchen fährt ein. Die Tür schließt sich wieder, und man gleitet in Schlangenbewegungen im Dunkeln dahin. Nichts existiert mehr für Giovanni, die Weltgeschichte ist eine Lüge, die er bereits vergessen hat; sehr viel wichtigere Dinge haben den Platz der zahlreichen Völker und der weiträumigen Schauplätze eingenommen, auf denen sie Gutes und Böses gewirkt haben; und diese Dinge sind, je nach der Richtung, in die er geschleudert wird, ihre Hand, ihr Knie, ihre Schulter, ihr Haar.

Plötzlich bleibt das Fahrzeug stehen, und die Geisterbahn läßt das dumpfe Geräusch eines havarierten Motors vernehmen. Die Türen klappern, die Ketten kreischen, das Skelett erleuchtet sich zur Hälfte, und das Wägelchen ruckt ein paarmal heftig an, ohne daß es ihm gelingt, wieder flott zu werden.

»Mein Gott!« flüstert Ninetta. »Maschinenschaden!«

Draußen beginnen die Ehemänner unruhig zu werden: »Was ist denn los mit der Kiste, Don Gaetano?«

»Geht das nicht ein bißchen schneller? Wo habt ihr eure Hände gelassen?«

»Wir helfen gleich schieben!«

»Hahaha, jetzt ist's schon zu spät!« flüstert der Troß

der Junggesellen einander ins Ohr. »Die ha'm sie längst in der Kur!... Und der da greift sich noch an den Kopf!... Steck das rote Taschentuch weg, Gevatter!... Nur keine Angst, in neun Monaten wird sich's schon zeigen!... Na du, ich möcht nicht wissen, wieviel Seide jetzt in Fetzen geht!... Ja, wer Eile hat, mag nicht warten!... Hahaha, *das* Ding hält keiner im Zaum!«

Inzwischen ist in der Geisterbahn ein ungeheures Ereignis vorgefallen, so ungeheuer, als wenn die Seite, welche die altvertrauten Dinge enthielt, den Nachthimmel, die Sonne, den Mond, die kleinen Haustiere und die wilden Tiere, die Bäume und die Blumen, die jahrhundertealten Gewohnheiten des Essens, Trinkens und Schlafens, die Langeweile, die Angst und die Müdigkeit, umgewendet worden sei und plötzlich eine neue, noch ungelesene Seite vor den Augen aufstrahlte. Und das Ereignis ist dieses: wahrscheinlich befindet sich Giovannis Hand in den Händen Ninettas!

Aber Giovanni ist dessen nicht sicher. Vielmehr kann es sich auch um das genaue Gegenteil handeln: daß sich nämlich Ninettas Hand in seinen Händen befindet. Und wenn ihr ihn fragt, ob es die rechte oder die linke ist und ob der Wagen fährt oder steht: er weiß von nichts! Er weiß einzig und allein, daß die Schlacht gegen sein Schweigen und seine Schüchternheit endlich gewonnen ist, und die Wurzeln seines Lebens tauchen in ein Meer lauwarmer Milch. Wie die Erdkruste nach dem Ende der Nacht immer stärker im Licht der Sonne hervortritt, so ist seine Vergangenheit in ihren unscheinbarsten Einzelheiten so deutlich und sichtbar geworden, daß er getrost behaupten kann, er befinde sich noch an all den Orten, die er jemals berührt hat, und er sei nicht älter und nicht jünger als in all den Lebensaltern, die er durchlaufen mußte, bevor er die Vierzig erreichte. Ja, da sind noch die schönen Pflastersteine der Via Roma und die Melonenschalen; und an den Beinen spürt er noch die frische Seide des Schürzenkleidchens! Da ist auch noch das Tintenfaß der Schulbank, und im Mund der Tintengeschmack vom Fingernägelkauen!... Gott im Himmel, was für niedliche Schimpfworte!... Und jetzt spricht der Vater zu ihm: alle Reden, die ihm sein Erzeuger jemals gehalten hat, ja sogar die allererste, an die sich Giovanni niemals erinnert und die er vielleicht überhaupt nicht bewußt aufgenommen hatte:

»Das Kind da sieht weder dir noch mir ähnlich. Ein Kopf wie eine Kohlrübe! Niemals sind wir beide so häßlich gewesen!«

»Warum hast du es dann trotzdem lieb?«

»Das weiß der Teufel! Hier hat der Teufel seine Hand im Spiel!«

»Du wirst schon sehen, zu was für einem hübschen Jungen er sich entwickeln wird!«

»Aber wo soll er's denn hernehmen? Wo soll er's hernehmen, verdammte Tat!«

»Küß ihn doch nicht so ab! Du schleckst ihm ja die Äuglein weg!«...

Das Gebirgsdorf, ein Café mit verrosteten Eisentischen. Ein einziger Tisch nur ist besetzt, und um ihn herum sind die Honoratioren versammelt: der Bürgermeister, der Bezirksarzt, der Gemeindesekretär, der

Ingenieur, der Baron, der Kommerzienrat Percolla. Die andern Tische bearbeitet ein Kellner im abgetragenen Kaftan mit dem Wischlappen. »Da kommt er ja!« sagen alle diese Persönlichkeiten, während der winzige Giovanni den Dorfplatz überquert, der kein Ende nehmen will. »Euer Sohn! Der Stammhalter! ... Der Älteste! ... Aber blaß ist er! Blaß! ... Keine gesunde Farbe! Spritzen! Eisenpillen! Sport! ...«

»Nun, mein Freund«, spricht endlich der Vater, als er noch dreißig Schritte entfernt ist, »was haben wir heute wieder angestellt? Die alte Geschichte?« Und indem seine Augen Feuer sprühen, schließt er die Faust und macht eine Geste, als ziehe er an einer Klingelschnur. Giovanni läuft, was ihn die Beine tragen, bis zur Tür des gegenüberliegenden Cafés, dessen Scheiben vom Gelächter der dicken Herrschaften zu klirren beginnen ...

Ein Schlafzimmer, die Tür steht offen, und rückwärts ein anderes Schlafzimmer mit dem Bild der Heiligen Familie über dem zweischläfrigen Bett, aus dem ab und zu der von einem weißen Mützchen bedeckte Kopf des Vaters auftaucht, welcher prustend die Kissen zurechtrückt:

»Mein Sohn, mein Einziger, mein Augapfel! Er mag tun, was er will, er gefällt mir. Er ist sympathisch, er weiß zu sprechen, er kann sich bewegen, er hält den Mund, wenn's sein muß! Ein König ist er im Vergleich zu den andern, die Füße können ihm die andern lecken: ich pfeif auf ihre Söhne, Affen sind's, was sie an der Hand führen! Nur ich, ich allein hab einen hübschen Jungen, einen wirklichen Jungen; und wehe, wenn ihm einer was zuleide tut!... Dem stech ich die Augen aus!«

»Still doch! Wer soll ihm denn was zuleide tun?«

»Ha, die Welt ist voller Schlawiner! Was weißt du schon von der Welt!...«

Ein Haustor tut sich auf, und der Cavaliere Muzzopapa erscheint im schwarzen Traueranzug. Der alte Percolla legt ihm eine Hand auf die Schulter: »Mein Lieber, ich versteh Euch! Kein Wort sag ich Euch! Hab ich gesagt, Ihr sollt nicht weinen? Dann hättet Ihr Ursach', mir Euren Stock auf den Schädel zu hauen! Weint, rauft Euch die Haare, schlagt die Leute auf der Straße tot, stürzt Euch vom Balkon: Ihr habt das Recht, alles zu tun, was Ihr wollt. Was Ihr wollt! Ein Vater darf seinen Sohn nicht sterben sehen! Was fang ich mit meinen Augen an, wenn die meines Sohns geschlossen sind? Ich häng sie, mit Verlaub, aufs...«

Früh am Abend. Er führt einen kleinen schwarzen Hund an der Leine spazieren. Zehn Minuten später kehrt er zurück, seine Zähne klappern, die Leine hat er um die Hand gewickelt, das arme Tier ist von einem Auto überfahren worden. An den Händen hat er noch den Geruch des warmen Fells. In der Nacht ist es ihm, als springe etwas um seine Beine und belecke ihn zärtlich. Das Gespenst des Hundes? Meditationen über den Tod, in einem weichen Sessel, die Wange auf der Schulter, während draußen ein paar mit Balken beladene Wagen vorbeifahren, die mit ihrem fröhlichen Geratter die Balkonfenster zum ›Lachen‹ bringen. Er kommt im Jenseits an, und hinter dem Gespenst eines Busches kommt das Gespenst eines Hundes hervor, das seit vielen Jahren auf ihn gewartet hat und nun in einem endlosen, schweigenden Begrüßungstanz um ihn herumhüpft...

»Laß das dumme Zeug!« sagt Muscarà.

Tausende, Hunderttausende von Gesprächen über das Weib klingen ihm in den Ohren. »Sie, uh, ah, er, so nicht, die Hand, das Bein, der Schenkel, das Dingsda, und das andere Dingsda... Ah, oh!...« Augen, die aus den Höhlen treten, Schnauzen, die sich nach vorne schieben. »Gnädige Frau, hier stelle ich Ihnen meinen Freund Scannapieco vor!«

Scannapieco lächelt und sagt kein Wort. Aber kaum hat sich die Dame entfernt, da wirft er sich von hinten auf den Freund, um ihn spüren zu lassen, in welch schrecklichem Zustand er sich befindet, wegen dieses Trumms von einem Frauenzimmer...

Ein wackerer Mann, der alte Baron Belmonte! Nur wenn er, und sei es aus meilenweiter Entfernung, und sei es auch nur auf einem Plakat, ein weibliches Wesen sah, dann begann er in seinen Schnurrbart zu winseln: »Schönchen, Zückerchen, Juwelchen, na komm doch schon her!« Eines Tages wurde er überfahren und verlor ein Bein, weil er eine Frau in der Kutsche allzu selbstvergessen bewundert hatte...

Aber der Geruch des nassen Pflasters, wie man ihn einatmete, wenn man in Kriegszeiten aus der Kirche kam, wird vielleicht nie mehr so sein. Das Brot aller Bäcker der Welt wird, wenn es, noch warm, auf den Verkaufstisch geschüttet wird, nicht so duften wie die kleine Brezel, die am Anfang des Jahrhunderts durch die Tasche des Schürzenkleides auf seiner Leiste brannte...

»Wir werden also heute nacht den Himmel sehen!« Und er hustete diskret in die Serviette.

In jenem Haus waren alle mager und dünn: der Sohn, der schon schlief mit einem Gesichtchen wie eine ausgeblasene Kerze; die Hausfrau, die den Tisch abräumte mit Fingern, die wie Strohhalme aussahen; und er, der Astronom, der seine Brust erst mit Zeitungspapier und dann mit Wolle bedeckte und hüstelnd meinte: »Wir müssen warten, bis es eins ist, wenn wir wirklich was davon haben wollen!«

Ein Blick der nachtfeuchten, kleinen Augen jenes Mannes ließ einen vor Kälte erschauern.

»Es ist so weit: gehen wir!«

Man klettert hinter ihm eine Treppe empor, die nach Mäusen und Holzwurm riecht, und kommt endlich neben einer Kuppel wieder ins Freie. »Da ist der Mars!« sagt das Männchen hustend und bewegt das schwarze Rohr des Teleskops über die Himmelswölbung. Es scheint, als ließen die Sterne ein Rauschen vernehmen wie ein schäumendes Meer...

Aber was ist denn schon im Grunde ein weiblicher Busen? Warum all diese stundenlangen Gespräche über seine Beschaffenheit, seine Farbe, seine laue Wärme, seine Härte oder Weichheit?... Stunden, die zusammen Tage, Monate und Jahre ergeben! Welch seltsames Geschick, so viel von zwei Pölsterchen oder Kieselsteinen sprechen zu müssen!... Und wie oft hat eine Welle von Blut dem Bild nackter Frauen Leben verleihen müssen...

Auf einmal reißt eine unendlich zarte und leichte Gebärde, wie die wunderwirkende Berührung eines

Engelsflügels auf einem kranken Körperteil, Giovanni aus dieser rotglühenden Bilderwelt: so blickt eine alte Pinie aus der Ferne auf ihre aus der Erde gerissenen und abgeschnittenen Wurzeln. Ein Gefühl grenzenlosen Friedens hat sich zwischen ihm und dem Weibe hergestellt, er ist eingehüllt in ihren feinen und weichen Duft, er spürt, dicht bei seinem Mund, ihre raschen Atemzüge.

Was ist Neues geschehen?

Ein keulenähnlicher Schlag macht das Wägelchen wieder flott; und mit einem wilden Aufheulen des Glockenspiels, das unter dem Druck der in voller Geschwindigkeit rasenden Maschinen das ganze Motiv des Schlagers ›Eines schönen Tags, da wird sich's zeigen‹ in zwei Noten zusammenfaßt, gelangen Giovanni und Ninetta durch die offene Tür ins Freie.

»Mein Gott, was hast du nur?« fragt ihn Panarini.

»Ich bin glücklich!« antwortet Giovanni, während er auf seinem Kinn eine kalte Träne trocknet, die keine Träne der Trauer ist.

»Ah, ist der blöd!« ruft ein junger Mann aus, der Giovannis Geständnis gehört zu haben scheint.

»Wer soll blöd sein?« fragt der Cavaliere Percolla mit schrecklich blitzenden Augen.

»Der Wettergott!« antwortet der junge Mann und hebt herausfordernd das Gesicht, als wolle er sagen: Ich werde doch hoffentlich noch das Wetter beleidigen dürfen!

»Aber was ist denn vorgefallen?« fängt Panarini wieder an.

Ja, was ist vorgefallen? Giovanni weiß es selbst nicht

recht. »Hast du einen Taschenspiegel?« fragt er den Freund.

»Einen Spiegel?«

Giovanni möchte in den Spiegel sehen, um sich zu überzeugen, ob Ninetta ihn wirklich geküßt hat.

»Hab ich irgendwo Lippenstift?« erkundigt er sich.

Der Freund fällt aus allen Wolken: »Wo soll denn der Lippenstift sein?«

»Hier auf der Backe vielleicht!«

Panarini hebt mit einem Finger des andern Kinn an, dreht seinen Kopf nach oben und mustert ihn wie ein Arzt, aufmerksam prüfenden Blicks: »Nein, ich entdecke nichts!«

Mein Gott, hab ich vielleicht nur geträumt? denkt Giovanni.

Doch Ninetta ruft ihn: er trennt sich vom Freund und geht zu ihr hin. »Giovanni«, flüstert ihm das Mädchen zu, indem es eine Hand auf seinen Arm legt, »was denkst du jetzt von mir?«

»O du!... Du!...«

Er drängt Ninetta unter eine nahe Palme, und er glaubt nicht seinem eigenen Munde, er fühlt sich tausendmal ersterben und tausendmal wieder auferstehen, während er jenes Wort wiederholt, das ihm aus unendlich vielen Silben gebildet scheint: »Du...«

9

So waren sie denn verlobt. Ninettas Vater war ebenso gräßlich, wie sie schön war. Am Tag, da ihn der dicke Marquis umarmte und auf die Stirn küßte, schlug Giovanni der saure Dunst der Häßlichkeit entgegen: ihm war wie einem, der ein Haar im Munde hat und es nicht zu fassen bekommt.

Aber die Abende im Haus des künftigen Schwiegervaters waren wunderbar angenehm. Die Verlobten löschten das Licht, setzten sich ans marmorne Fenster und blickten zum sternenübersäten Himmel empor. Dann hob Ninetta manchmal seine dicke Hand in die Höhe und gab jedem Finger einen Namen. Den Namen ihrer Freiheiten. »Du wirst nicht sein wie die dummen Kerls, die hier herumlaufen. Du wirst nicht den Eifersüchtigen spielen! Ich will redlich zu dir sein: nie und nimmer werde ich einen Geliebten haben, aber ich wünsche bestimmte Freiheiten, weil ich frei geboren und aufgewachsen bin!«

Und nun kam's! Der Daumen: die Freiheit, allein auszugehen; der Zeigefinger: die Freiheit, zum Skilaufen ins Gebirge zu fahren; der Mittelfinger: die Freiheit, jedes Jahr eine Reise zu machen; der Ringfinger: die Freiheit, reiten zu gehn; der kleine Finger: die Freiheit, die Möbel in der Wohnung nach eigenem Geschmack aufzustellen, denn Königin im Hause ist die Frau!

Giovanni war es, als schiebe ihm das Mädchen mit diesen Worten unter jeden Fingernagel eine spitze Nadel mit einem Fähnchen. Aber er fühlte keinen Schmerz: vielmehr kam ihm der Umstand, daß sich seine Hand wirklich zwischen denen des Mädchens befand, die weich und warm waren wie die Flaumfedern eines Vogels, wie ein Wunder vor. Nachdem Ninetta auf solche Weise die Finger beim Namen genannt hatte, preßte sie sie liebevoll und legte sie unter ihr Kinn und auf ihren Mund. Giovanni sah dicht vor sich die eigene Tatze und ihr wundervolles Gesicht in einem Bild vereint, das das vollkommene Glück darzustellen schien.

Dieses Spiel mit der Hand begeisterte Ninetta so sehr, daß sie bisweilen auf der Straße seinen Mittel- oder Zeigefinger ergriff, ihn bis zur Höhe seiner Augen führte und ihm zuflüsterte: »Und der?«

Zuerst zeigte sich Giovanni nicht sehr beschlagen: er verwechselte die Freiheit des Mittelfingers mit der des Daumens und erinnerte sich nicht mehr an die Freiheit des kleinen Fingers. Aber im Lauf der Zeit wurde das besser. Mittelfinger? Freiheit, jedes Jahr eine Reise zu machen!

Eines Abends ließ Ninetta lange auf sich warten. Im dunklen Zimmer, den Ellbogen auf der marmornen Fensterbank, unterhielt sich Giovanni mit dem künftigen Schwiegervater, der die Finsternis mit seiner enormen Häßlichkeit ausfüllte. Sie sprachen von den Männern im allgemeinen. »Diebe!« meinte der Marquis. »Durch die Bank Diebe! Du kannst mir's glauben, daß ich noch keinem einzigen Ehrenmann begegnet bin!«

»Ich zum Beispiel habe nie etwas gestohlen!« verteidigte sich Giovanni.

»Ich bin nicht sicher!... Sei mir nicht bös, Lieber: das Alter hat mich so weit gebracht. An nichts glaub ich mehr! Du hast nicht gestohlen, sagst du mir... Nun, kann ich das wissen? Niemand hat dich beschuldigt, soviel ist sicher! Aber weiß ich wirklich, ob du nicht doch gestohlen hast? Seh ich mit deinen Fingerspitzen?«

»Ihr könnt mir glauben!«

»Ich glaube niemandem, nicht einmal unserm Herrgott!«

Plötzlich trat Ninetta ein: sie war unruhig, aufgeregt, sprach ärgerlichen Tons und verlangte sofort, man solle das Licht anzünden.

»Was hast du denn?« machte Giovanni.

»Nichts, Lieber!«

»Wie? Darf ich nicht einmal erfahren, ob du meinetwegen unzufrieden bist?«

»Lieber!« sagte sie, mit einem anmutigen Lächeln ihren Ärger unterbrechend. »Gib mir die Hand!... Nicht die rechte, die andere!« Und, die Stimme senkend: »Daumen der Linken: Freiheit, unzufrieden zu sein!... Gestehst du mir das zu?«

»Ja, aber sehr ungern, denn ich wünsche, daß du niemals unzufrieden bist!«

Bei Tisch sagte Ninetta kein Wort und rührte kaum eine Speise an.

Endlich – es war schon spät, sie lehnten an der marmornen Fensterbank, über die Terrassen wanderten, von einem Geländer zum andern, die Sterne nach

Norden – erklärte Ninetta die Gründe ihrer schlechten Laune. Sie hatte ihre Freundin Luisa Carnevale getroffen, die sie drei Jahre lang, seit dem Tag ihrer Hochzeit, nicht mehr gesehen hatte. Gott, was für ein Gesicht! Diese drei Jahre hatten an ihr geknabbert wie eine Schar von Mäusen. Sie Mailänderin, er aus Palermo!... Auch sie hatten während ihrer Brautzeit eine Charta mit zehn Freiheiten für die Frau aufgestellt. Nummer eins erlaubte ihr, allein ins Theater zu gehen, wenn er von Catania abwesend war; und Nummer zehn, sich von einem gemeinsamen Freund in eine der großen Konditoreien (»Doch nicht in ein abgelegenes, kleines Café!«) zum Aperitif einladen zu lassen. Auch für Luisa waren die Freiheiten des Reit- und Skisports vorgesehen... Ihr jetziger Mann hatte sich während der Verlobungszeit wie ein wahrer Engel betragen und so viele Male jenes Blatt unterschrieben, daß die zehn Vereinbarungen zuletzt von einer dichten Wolke von Namen, Daten und Herzchen mit dem Amorpfeil umgeben waren. Doch gleich nach der Hochzeit begann sich ein frecher und boshafter Ausdruck auf seinem Gesicht zu verbreiten, er fing an, ihr seine alten sizilianischen Gesetze – die schwärzesten und schrecklichsten, die es gibt – aufzuerlegen. Er schloß sie im Hause ein! (»Stell dir vor!« schluchzte Ninetta auf.) Und wenn Luisa ihm den so oft unterzeichneten Vertrag vor Augen hielt, dann schmunzelte dieser Mensch mit einer Roheit, welche die Peitsche verdiente, und meinte: »Ah, die Freiheit, Skifahren zu gehen? Da sind deine Skier! Amüsier dich nur!« Und er wies auf den Besen. Ein richtiger Teufel! Ja, er schreckte zuletzt nicht einmal vor der äußersten

Gemeinheit zurück, zu einem Mädchen wie Luisa, die zusammen mit einer belgischen Prinzessin in einem Schweizer Pensionat erzogen worden war, zu sagen: »Ah, die Freiheit, reiten zu gehn? Komm nur, Schatz, das ist dein Pferd!« Er saß, während er so sprach, in Unterhosen auf einem Stuhl und wippte mit geschlossenen Knien auf und ab, als wolle er »Hoppe, hoppe, Reiter« mit ihr spielen.

Giovanni lachte sein kräftiges und gutmütiges Lachen: »Oh, so werd ich nicht sein, das kannst du mir ruhig glauben!«

Da sie im Dunkeln saßen, drehte Ninetta rasch das Licht an, um ihm ins Gesicht zu sehen: sie fürchtete vielleicht, auch bei ihm jenen frechen und boshaften Ausdruck zu entdecken, von dem Luisa ihr, zitternd wie ein Blatt im Winde, erzählt hatte. Statt dessen fand sie bei ihrem Giovanni eine so grundehrliche Güte und Sanftheit, einen so ausgiebigen Vorrat von *Jas* für alle kommenden Zeiten, daß sie freudestrahlend ihre Arme ausbreitete und sie um seinen Hals legte.

Seit jenem Abend mußte auch Giovannis Linke mit all ihren Fingern die Namen anderer Freiheiten akzeptieren; aber es handelte sich nur mehr um kleine Zugeständnisse, wie etwa das, eine Schweizer Modezeitschrift abonnieren oder die Riechstoffe von Elizabeth Arden gebrauchen zu dürfen.

Giovanni unterzog sich einer neuerlichen Gedächtnisanstrengung, wobei er sich mit einem kleinen Spickzettel half, auf dem seine Finger mit den entsprechenden Freiheiten aufgezeichnet waren.

Aber was lag im Grunde schon an so kleinen Verdrießlichkeiten im Vergleich zu dem großen Glück, das er als Gegenleistung erhielt?

Alle frischesten Stunden seines Lebens waren ihm gegenwärtig, besonders die Morgenstunden der Jahre 1906 und 1907. Das Bild der Natur, wie man es bei Tagesanbruch vom Fenster der Kutsche aus erblickt, mit den tiefblauen Bäumen vor dem roten Himmel, dem Gras, das sich aus dem Tau erhebt, und den Schafen, die vom Waschplatz kommen, trat beständig an die Stelle der Wirklichkeit, die ihn umgab. Es begleiteten ihn das Gekräh der Hähne, das Schluchzen der Nachtigallen, das Geläute der Herdenglocken, und ebenso glühend und strotzend von Leben, wie sie im Ohr des Sechsjährigen geklungen hatten. Die Maultiere, die in der Nacht ihre Wagen zu den Feldern ziehen, blickten wieder vor sich hin wie damals, mit Augen, die die Dinge wie Laternen beleuchteten. Und weiter?... Der Friede, der zwischen Giovanni und den Frauen geschlossen worden war, als Ninetta in der Geisterbahn seine Hand ergriff, setzte sich auf höherer Ebene fort. Ninettas Antlitz wachte, melancholisch, sanft und gebieterisch, im Namen der Frau über Giovannis Gedanken und hinderte sie daran, trübe zu werden. Es war in der Tat, als warte ein stummer Vorwurf in der Tiefe dieser Augen, wie an Oktoberabenden der Donner hinter den Bergen; und es schien, als solle dieser Vorwurf sich nähern und losbrechen, sobald Giovanni sich auch nur für eine Minute wieder seinen Phantasien über Angelicas Zauberring überließ, der er erlaubt, ungesehen ins Schlafgemach der schüchternen und ahnungslosen Agatina einzudringen; oder

der alten, wieder und wieder wollüstig ausgemalten Vorstellung von dem Unbekannten im Matrosenanzug mit den prallen Hosenbeinen, der sich zu guter Letzt als verkleidete Frau enthüllt.

Das Quartier der Teehäuser, deren stets verschlossene Läden nicht weit von Giovannis Vaterhaus über die Dächer schauten; das Quartier, auf das so viele Male, bevor er sein Balkonfenster schloß und sich schlafen legte, seine schrägen und sehnsuchtsvollen Blicke gefallen waren, wenn er beobachtete, wie von jenen Mauern ein schwerer Nebel aufstieg, fast wie die Ausdünstung eines Sumpfs, nur lebendiger und animalischer, eher wie der Atem einer Herde; das Quartier, das man eiligen Fußes durchquerte, rein aus Freude, auch einmal durch diese Gassen zu laufen, bis dann plötzlich ein vom Husten unterbrochenes Gelächter ertönte, das einen überschüttete wie ein Eimer kalten Wassers; dieses Quartier war jetzt für Giovanni von ungeheuerlichen und nutzlosen Wesen bevölkert. Einer der Angstträume, der ihn am meisten dem Kindsein näherte, war der, es könnten eines schönen Tages die Spuren, die seine Schritte im Leben hinterlassen, zu phosphoreszieren beginnen, und unzählige Ketten von leuchtenden Fußstapfen könnten ihn, für alle sichtbar, an die Gäßchen und niedrigen Tore des berüchtigten Viertels fesseln.

Zum Glück wohnte er noch immer in Cíbali, in der Luft des Meeres und der Gärten mit den Zitronenbäumen. Umsonst hatte ihm Barbara einen bleistiftgeschriebenen Zettel geschickt: »Kehre zurück ins Haus deines Vaters!«

»Geschehen ist geschehen!« hatte Giovanni geantwortet.

Aber seltsam – seine Handlungsweise fand nicht Ninettas Beifall. »Ich wünsche«, sagte das Mädchen, »ich wünsche meine Schwägerinnen kennenzulernen. Ich habe gehört, sie sollen sehr tüchtig sein.«

»Ja«, murmelte Giovanni, »tüchtig sind sie, aber unser Haus ist ein bißchen altmodisch ...«

»Was soll das heißen? Nicht alle Häuser können modern sein: es genügt, wenn sie reinlich sind!«

Das ist es ja eben! dachte Giovanni und sah im Geiste alle Büchsen, leeren Schachteln und Fläschchen wieder, die die Schränke und Tische des Elternhauses füllten. – Kann man sagen, es ist schmutzig? spann er seine Gedanken weiter. – Nein, das nicht. Nur bemerkt man eine Gleichgültigkeit den alten, nutzlos gewordenen Dingen gegenüber, die der Nachlässigkeit und dem Schmutz zum Verwechseln ähnlich sieht!

Jedenfalls mußte Barbara benachrichtigt werden, daß er am nächsten Tag mit seiner Verlobten kommen werde.

»Natürlich auch mit dem Vater, mit dem Herrn Marquis!« sagte Lucia. »Auf keinen Fall wird das Brautpaar allein gehen können!... Auch mit dem Herrn Marquis!«

Beim Klang dieses adligen Wortes wuchs die Verwirrung im Hause, alle liefen wie verängstigte Katzen umher und stolperten, was vorher niemals geschehen war, über ein paar vorstehende Platten des Fußbodens, worauf auch die Schränke und Konsolen wie erschrokken zusammenfuhren: »Mit dem Marquis!«

Man ließ das Dienstmädchen endlos probieren, wie es die Türe auf- und zumachen mußte; zuletzt bekam die Alte vor lauter Aufregung einen Schwindelanfall und stürzte vornüber auf den Teppich.

»Sie hat Fieber! Mein Gott, sie hat Fieber!« sagte Rosa, nachdem sie die Stirn der halb Bewußtlosen betastet hatte. »Man muß sie zu Bett bringen!«

Gesagt, getan. Von den drei Schwestern gestützt, wurde die Frau in ihr Kämmerchen gebracht und auf ihre Roßhaarmatratze gelegt.

Als am nächsten Tag Giovanni und Ninetta, durch den plötzlichen Wechsel von Licht und Finsternis geblendet, den dunklen Korridor betraten, sahen sie eine in Schlafdecken gehüllte Gestalt. »Das Dienstmädchen!« erklärte Lucia; und dem Bruder flüsterte sie ins Ohr: »Es geht ihr nicht gut; alle Augenblicke steht sie auf, weil sie... sehr krank ist!«

»Und der Marquis?« fragte Barbara mit einem Blick ins dunkle Treppenhaus.

»Papa läßt sich entschuldigen, er hat nicht kommen können!« sagte Ninetta.

»Ihr seid allein?« machte Barbara, immer noch unentschieden, ob sie die Türe schließen sollte.

»Ja doch!« antwortete Giovanni eilig. »Gehen wir schon in den Salon!«

Sämtliche Lampen des Hauses waren im Salon vereinigt worden, wo der Blick keinen Gegenstand traf, der ihn nicht geblendet hätte. Es war, als säße man in einer Flasche voll kleiner Flammen.

»Machen wir das aus!« sagte Giovanni und verdunkelte eine ganze Reihe von Glasschirmen.

Ninetta saß auf dem niedrigen Diwan und vor ihr, auf drei hohen Polsterstühlen, im Halbkreis die Schwestern. Sie sprachen nur wenig und starrten die andere schweigend an. Giovanni stand dabei und grub sich, ohne den Grund seines Unbehagens zu begreifen, die Nägel in die Handflächen. Ihm schien, als schauten aus den Augen der drei Frauen die ältesten und elendesten Haustiere hervor: kraftlose Katzen, Mäuse, die in schimmligen Speisekammern hausen, Winterfliegen, und als betrachteten sie Ninetta mit einem müden und lieblosen Blick. Auch spürte er den abgestandenen Geruch seines im Nebenzimmer zelebrierten Nachmittagsschlafes und bemerkte, mit plötzlichem Erröten, daß eine Unmenge von Kleinigkeiten nicht am rechten Ort war. Dann folgte er mit dem Ohr dem fernen und schlurfenden Schritt der Dienstmagd, bis dieser bei einer kleinen Tür am Ende des Korridors haltmachte... Auf einmal ertönt, unmerklich vielleicht, aber für ihn aus unmittelbarer Nähe, das Geräusch des Kettenzugs und des Wassers, das sich ergießt.

Er wirft einen Blick auf Ninetta, um festzustellen, ob auch sie einen Augenblick lang das fatale Geräusch wahrgenommen und an die mit ihm verbundene Szene gedacht hat. Aber auf Ninettas kleinem Antlitz ist die Schönheit so tief und barmherzig geworden, daß sie es selbst noch verstanden und verziehen hätte, wenn die gräßlichste Ratte auf dem schäbigen Teppich vorbeigehuscht oder der ordinärste Eimer bis hin zu ihren Füßen gerollt wäre. Im übrigen ist es Zeit zum Aufbrechen geworden, und alle haben sich erhoben.

Barbara ruft Giovanni ins nächste Zimmer: »Bruderherz, du fehlst uns sehr!... Aber nicht deshalb habe ich dich jetzt gerufen. Bei allem, was dir lieb und teuer ist, hör mich an: es ist nicht gut, daß ihr beiden allein geht! Die Menschen haben böse Zungen! Kann es denn sein, hat die Pförtnerin zu mir gesagt, daß die Verlobte noch ein Fräulein ist, wenn sie allein auf der Straße gehen? – Warum wollt ihr euch partout diesen schlechten Ruf zuziehen?«

»Mein Gott, Barbara!« stößt Giovanni hervor und verläßt ungeduldig das Zimmer.

»Können wir gehen, Lieber?« fragt, in ihre Handschuhe schlüpfend, Ninetta.

»Gleich!«

Als die beiden Verlobten sich auf der Straße nach dem Balkon zurückwandten, sahen sie die drei Schwestern am Geländer, eine hinter der andern, eng aneinandergedrängt wie Hirschkälber auf einem Balken, der im nächsten Augenblick im reißenden Fluß versinken wird. Ein riesiges Bettlaken, das vom oberen Stock herunterhing, bewegte sich über den drei Frauen, so nah, daß es fast ihre Köpfe berührte.

10

Das Wohnzimmer im Hause Marconella wurde von den Verlobten idealiter in drei Unterabteilungen geschieden: A, B und C. In der ersten befand sich ein Lehnstuhl, in der zweiten ein paar Weidensessel und ein Tischchen, in der dritten vier Fauteuils, ein falscher Kamin und ein Rauchtisch.

In A verbrachte Giovanni, den Wandel des Tageslichtes auf Ninettas blondem Scheitel verfolgend, lange Stunden des Entzückens. Sein Leben in B war nicht weniger glücklich, nur mußte er manchmal die Reden des Marquis über sich ergehen lassen, der mit »seinem Ich«, wie er selbst es zu nennen pflegte, mit einem riesigen, schlaffen, butterweichen Ich, den größten der Sessel ausfüllte. Im Oktober traf aus Siena die künftige Schwiegermutter ein, eine zierliche Frau, die ihre Schritte mit raschen und energischen Bewegungen des kleinen, graublonden, lächelnden Kopfes begleitete. Die Schwiegermutter nahm in C Platz, und da sie am liebsten alle Dinge behandelte, als seien sie nicht das, was sie eigentlich waren, streckte sie wärmesuchend die Hände in den falschen Kamin und rief, wie einen Hund, das kleine Kissen vom Stuhl nebenan auf ihre Knie. »Welch ein Glück, einen echten Sizilianer zu heiraten!» sagte sie zu ihrer Tochter. »Ich habe einen unechten erwischt. Ich kann mich nicht eines einzigen

Augenblicks erinnern, wo er eifersüchtig gewesen wäre!«

»Aber Mama, was erzählst du denn da?« rief Ninetta ärgerlich. »Wie kann Papa Sizilianer sein, wenn er in Perugia und sein Vater in Venedig geboren ist!«

»Nun, mir gegenüber hat er behauptet, er habe, wenigstens von seiner Mutter her, sizilianisches Blut in den Adern ... Aber, offen gesagt, ich kann mich nicht mehr genau erinnern: das alles ist so lange her! Aber du guter Gott, er hätte doch ein bißchen eifersüchtig sein können! Ich tauge nicht einmal dazu, einen Mann eifersüchtig zu machen! ... Ach, ach, wer hinderte ihn denn daran, ein kleines bißchen eifersüchtig zu sein?«

Ninetta, immer ärgerlicher über solche Reden, von denen sie fürchtete, sie könnten den Verlobten auf Abwege bringen, grub ihre Nägel in seine Hand, in jene starke und gute Hand, auf der die ersten fünf Freiheiten verzeichnet waren. »Uhrrr!« machte der Marquis, beendete sein Nickerchen und erhob über dem wirren Gehauf seines Körpers sein gräßlich-gutmütiges Haupt mit den abscheulichen, aber sanften Augenbrauen.

Während er eines Abends wieder einmal mit dem Kopf auf der Brust schlief und sein schwerer Atem der Reihe nach vier oder fünf Schichten seines Fleisches anschwellen ließ, die von einem Männeranzug verhüllt waren, warf ihm seine Frau einen zärtlichen Blick zu und seufzte: »Ach ja, der Gatte!«

Ninetta saß wie auf glühenden Kohlen.

»Jaja, der Gatte!« fuhr die reizende Alte fort. »Was ist er eigentlich? Nach dreißig Jahren Ehe frage ich mich manchmal: Was ist er denn? Die Kinder, der Vater und die Mutter, das ist dein eigen Fleisch und Blut! Aber der Gatte? Wie seltsam, zu denken, was der Gatte im Grunde ist! Und doch – man liebt ihn über alles!«

Und daß sie ihren Mann wirklich liebte, sah man deutlich an dem zärtlichen, schlauen und nachsichtigen Blick, den sie auf jenen fleischgefüllten Lehnstuhl fallen ließ.

Giovanni war glücklich: der Apfel fällt nicht weit vom Stamm; willst du die Tochter verstehn, dann schau dir die Mutter an! Und wenn die Mutter imstande war, einem Mann wie dem Marquis einen so liebreichen Blick zuzuwenden, dann würde er, Giovanni, der im Vergleich mit dem andern ein wahrer Apoll war, seelenruhig unter Ninettas Augen dick, häßlich und kahlköpfig werden können: Immer würde sie einen zärtlichen Blick für ihn haben. Gott im Himmel, waren das feine Leute! Und wie anmutig die Frauen in dieser Familie blieben! Die Marquise trug ihre nicht wenigen Jahre wie eine junge Venezianerin ihre Maske. Er hätte sich zu Boden werfen und dem barmherzigen Gott danken mögen!

Was im übrigen sein Diener im Haus in Cíbali tat. Der alte Paolo hatte abermals einen Wandel in seinen Gewohnheiten durchgemacht, doch immer in einer Richtung, die ihn noch weiter von aller Arbeit und Pflichterfüllung entfernte. Dem Pfarrer von Cíbali war es gelungen, ihn zum Beichten zu bewegen und ihm alle Schimpfwörter abzugewöhnen, von denen sein Leben voll war. »Ich beleidige doch kein Gottesgeschöpf, Herr Pfarrer!« hatte, im Saucengeruch kniend, den seine alte Jacke verströmte, der Diener gesagt. »Sind die Pfanne oder die Teekanne vielleicht Geschöpfe Gottes?«

Der Priester hatte ihm erklärt, daß der Haß in jedem Fall die Seele beleidige, gegen die er sich richte; daß auch die leblosen Dinge Gottes seien; und daß die Schimpfwörter im Buch des Himmels aufgezeichnet und am Jüngsten Tag als Anklagematerial dienten, auch wenn die Geräte, an die sie gerichtet würden, im Tal von Josaphat nicht mit dabei wären.

Der Alte raufte sich die Haare, als er den Beichtstuhl verließ: zur Buße mußte er hundert Vaterunser, fünfzig Credos und vierzig Ave Marias beten. Aber er betete mehr, er betete eine grenzenlose Zahl herunter. Seit dem Tag der Beichte ließ er keine Gelegenheit vorübergehen, um niederzuknien und Gebete zu murmeln. Fiel eine Bürste zur Erde, so warf er sich auf die Knie und stand nicht wieder auf, ohne sich vorher zehnmal bekreuzigt zu haben; ging er an einem geweihten Bild vorüber, so ließ er seine Hand ein paar Minuten lang auf den heiligen Füßen ruhen und führte sie dann an seine Lippen, um sich neunmal die Fingerspitzen zu küssen. Doch da der Pfarrer das Thema der Reinlichkeit nicht berührt hatte, blieb Paolo schmutzig wie zuvor, und alle geweihten Bilder zeigten seine Fingerabdrücke, während er auf seiner Stirn, in schwarzem Firnis oder fettigem Öl, das Kreuzzeichen trug. Die Langsamkeit bei seinen Dienstleistungen hatte sich ins Ungemessene gesteigert. Mit der Angorakatze allerdings war er wieder ausgesöhnt, und wenn sie am

Morgen auf sein Bett sprang und sich hinter seinem Rücken zusammenrollte, dann wagte er nicht aufzustehen, solange das Tierchen die Augen geschlossen hielt, um es nicht im Schlaf zu stören. »Ich kann nicht von der Stelle!« antwortete er seinem Herrn, der wütend nach ihm klingelte.

»Gut«, schrie Giovanni aus seinem Zimmer, »daß dieser Spaß bald zu Ende geht!« (Er spielte auf den Umstand an, daß er demnächst heiraten würde.)

In der Tat hatte der Frühling begonnen, und der Monat Juni, auf den die Hochzeit festgesetzt war, kam nah und näher. Je näher aber der bestimmte Tag rückte, desto glücklicher, schwächer und ängstlicher wurde Giovanni, während Ninetta (und das war ein wahres Glück) eine fast besessene Energie und Wendigkeit entfaltete. Durch Briefe, Telegramme und Ferngespräche (wobei sie ihn ständig um seine Zustimmung fragte und er, ohne recht zu wissen, worum es sich handelte, mit Ja antwortete) gelang es Ninetta Anfang Mai, ihm einen Posten in einer Aktiengesellschaft zur Herstellung von Textilien zu verschaffen, und sie selbst machte eine Blitzreise in die ferne Stadt im Norden, um der künftigen, von einer Tante bereits eingerichteten Wohnung den letzten Schliff zu geben.

»Das reinste Liebesnest!« sagte sie ein um das andere Mal, als sie zurückgekehrt war. »Das reinste Liebesnest!«

Giovanni vermochte nicht herauszubekommen, wieviel Zimmer die Wohnung hatte, wie die Möbel beschaffen waren und welche Farbe die Wände hatten: all diese Kleinigkeiten bildeten zusammen die Überraschung, die Ninetta ihrem Mann zu bereiten gedachte.

Giovanni mußte an seine erste Kindheit denken, wenn die Mutter ihm auf alle neugierigen Fragen über die Spielsachen, welche ›die Toten‹ für ihn am Allerseelentag im Bett, in den Schuhen und im Nachttöpfchen verstecken würden, immer die gleiche Antwort gab: »Morgen wirst du's schon erfahren!« Bei dieser Erinnerung bekam er feuchte Augen. Wenn er an seine Mutter dachte, ergriff ihn eine so überwältigende Zärtlichkeit, daß ihm die Stimme versagte. Seine Gedanken verweilten bei der jungen Frau, die mit vierundzwanzig Jahren gestorben war, in einem sehr viel jüngeren Alter als seinem jetzigen, und auch als dem Ninettas; die junge Frau, die am Allerseelenmorgen mit den Bällen, den Puppen und den Schießgewehren ihrer Kinder spielte und sich mehr daran freuen konnte als diese selbst; und ergriffen, daß er dieses jugendliche, spitzbübisch lächelnde Bild »Mutter« nennen sollte, stammelte er Worte voll kindlicher Verehrung und zugleich väterlicher Fürsorge.

Inzwischen war es Mai geworden, und die Verlobten gingen auf dem Corso spazieren, oft allein, manchmal auch gefolgt vom Marquis und seiner Gattin, wobei der eine sie mit seinem ungeheuren Schatten ein- und überholte, die andere mit ihrem unaufhörlichen Geplapper, in dem das Postamt zum Königspalast, die Anlagen zum Botanischen Garten und der Ehemann zum ›Gardehauptmann‹ wurden.

Für Giovanni waren diese Spaziergänge alles andere als ein Vergnügen und hinterließen für den Rest der

Woche einen bitteren Geschmack auf seiner Zunge. Die Gruppen, die allenthalben herumstanden, sprachen ersichtlich vom WEIB; die roten Gesichter, die sich, fast Schläfe an Schläfe, um den Erzähler drängten, verrieten deutlich genug den Gegenstand des Gesprächs. Und immer diese Hände in den Taschen! Wenn sie sie aber einmal gestikulierend erhoben, dann nur, um fleischig geschwellte Formen in die Luft zu zeichnen: Busen, Rücken und andere Teile des weiblichen Körpers.

Schämen die sich denn gar nicht? dachte Giovanni. Berühmte Anwälte, Ärzte!

Im übrigen schien der Teufel seine Hand im Spiel zu haben: stets kam man an diesen Gruppen gerade in dem Augenblick vorüber, wenn der Erzähler das gewagteste Wort aussprach, das einem wie ein Steinwurf mitten ins Gesicht spritzte.

Und doch war es nicht dies, worunter Giovanni am meisten litt: Worte sind Worte, und auf sizilianisch gesagt, konnte sie Ninetta vielleicht nicht verstehen. Aber die Blicke dieser Männer – schleichend, hinterhältig, klebrig, feuerglühend –, durch die man hindurchging wie durch einen Natternwald, sie waren es, die ihm das Blut zu Kopf steigen ließen. Nur zu gut wußte unser Giovanni, was diese Augen sagen wollten, dieses flüchtig aufblitzende Lächeln und diese Zeigefinger, die auf den oder jenen Körperteil Ninettas zeigten, aber rasch von der Faust eines Freundes niedergehalten wurden mit dem Hinweis auf ›ihn‹. Er wußte endlich, daß ihrem Vorübergehen und jenen Blicken die Gespräche über sein Mädchen folgen würden, über dieses »unverschämte Trumm von einem Weibsbild«, und dann die Uhuuus, die Seufzer, die Rippenstöße und schließlich das Beiseitetreten des Feurigsten der Gesellschaft, damit er einen Augenblick lang den sinnverwirrenden Gegenstand vergessen und sich beruhigen konnte.

Auch mischte sich unter seine Gefühle eines, das mehr Neid als Eifersucht war. Er erinnerte sich ziemlich genau, daß er in den Zeiten seines vollen Junggesellendaseins von den Frauen seiner Wunschträume etwas mehr erhalten hatte als jetzt von seiner Verlobten Ninetta: einen würzigeren, dunkleren Honig, eine reichlichere Nahrung für die Sinne. Am liebsten hätte er wie jetzt an Ninettas Seite gehen und ihr leise die Fingerspitzen pressen, und zugleich an tausend Cafétischchen sitzen und sie mit zweitausend gierigen Augen durchbohren mögen. Denn was die Sinne betraf, so ereignete sich nun etwas durchaus Unklares, ja Seltsames und Geheimnisvolles: die Sinne regten sich nicht sehr.

Was mag das bedeuten? fragte er sich des Nachts, wenn er auf dem Weg nach Cíbali einen Fuß vor den andern setzte.

Aber eines Abends sah er Ninettas Hände unter dem gelben Lampenlicht und erkannte klar und deutlich: diese Hände waren aus Fleisch! Und der Gedanke, daß auch Ninetta eine Frau sei, traf ihn auf eine so seltsam heftige Weise, daß er seine Augen von der Verlobten abwandte und seine schmerzende Stirn auf die Hand senkte. Bald darauf klagte er über eine unerklärliche Übelkeit, verabschiedete sich von Ninetta und kehrte nach Cíbali zurück; seine Verwirrung war viel tiefer als damals, als er seine unruhigen Sinne gefragt hatte: Was mag das bedeuten?

Einige Reden schon verheirateter Freunde über die geheimnisvolle Schwere des Augenblicks, wenn die Tür sich zum erstenmal hinter zwei Jungvermählten schließt, und die Angst, die sich von ihr auf ihn überträgt, brachten ihn vollends aus der Fassung. Giovanni umhüllte mit einem schmerzlich fragenden Blick Ninettas ruhige Gestalt, und je ruhiger und freundlicher sie war, desto tiefer wurden seine Angst und Unruhe.

II

Am Hochzeitsmorgen zeigte der Spiegel Giovanni ein gedunsenes und fleckiges Gesicht; ärgerlich wandte er ihm den Rücken und bat die hemmungslos weinende Barbara, ihm die Krawatte zu binden.

»Mein lieber kleiner Giovanni! Mein lieber kleiner Giovanni!« sagte Barbara unaufhörlich, indem sie immer aufs neue den Knoten band und wieder aufknüpfte. Der Diener Paolo steckte ihm ein Madonnenbildchen in die Tasche und hielt ihm die Angorakatze zum Küssen hin. Endlich erschien ein altes Männchen und verkündete, die Mütze in den Händen drehend: »Der Wagen steht bereit!«

Einen Rosenstrauß auf den Knien, fuhr Giovanni davon.

»Du gefällst mir nicht!« sagte Muscarà, der ihn inmitten der geladenen Gäste am Gitter der Kollegiatskirche erwartete. »Was ist los mit dir?«

»Nichts!« murmelte Giovanni, indem er langsam die teppichbelegte Treppe emporstieg und sich mit seinem gewaltigen Rosenstrauß am Eingang aufstellte.

Die kleine Kirche war dicht gefüllt von befrackten Freunden und von Neugierigen. Die Schwiegermutter warf ihm die Arme um den Hals: »Ach, diese Kathedrale ist wundervoll!«

»Aber das ist doch nicht die Kathedrale, Mama!«

stieß Giovanni mit einem erzwungenen Lächeln hervor. Er mußte sich eingestehen: obwohl er alles tat, was sein Glück verlangte, und obwohl er ohne diesen Schritt der düsterste und verzweifeltste aller Männer gewesen wäre – an diesem Tag, dem schönsten des Lebens, konnte er sich nicht glücklich nennen. Noch dazu zeigte der Himmel sich nicht von der heiteren Seite: ein wahrer Ausnahmefall im Juni, blähte ein starker und sandiger Wind die Bettlaken auf den Terrassen, Segeln gleich, und ließ die Fensterläden knarren. Die Topfpalmen zu beiden Seiten des Läufers bogen sich bis zur Erde nieder und richteten sich, wie Peitschen knallend, wieder auf.

»Komm herein!« sagte die Schwiegermutter, die ein zweites Mal auf dem Vorplatz erschien.

Giovanni trat in die kleine, rot- und goldgeschmückte Kirche: von allen Seiten prasselten Küsse auf ihn herab, während ihm Scannapieco so fest die Hand drückte, daß er Giovannis weißen Handschuh in der seinen behielt.

Die Catanesen haben die Angewohnheit, mit ungenierter Lautstärke zu sprechen. Man hörte die Stimme des Cavaliere Giardini, der von seiner eigenen Hochzeit sprach: »Wir haben in der Kirche nebenan geheiratet, und zwar ohne dieses ganze Tamtam!«

Plötzlich kam der kleine Page angelaufen, schluchzend und mit beiden Händen sein linkes Auge pressend, in das der Wind ihm ein Strohhälmchen geblasen hatte.

»Warum läßt nur Ninetta so lange auf sich warten?« fragte die Marquise zum hundertsten Male, während sie mit der Spitze ihres Seidentüchleins den Störenfried aus dem Auge des Pagen entfernte. »Wo steckt sie nur um Gottes willen?«

»Da kommt sie!« ließ sich eine Stimme vernehmen.

Alle verstummten, man hörte anhaltendes Autogehupe. »Die Braut!« rief es auf dem Vorplatz.

Giovanni bewegte sich schwerfälligen Schritts nach draußen, nicht ohne daß ihm der Fotograf, der sich unter allen Umständen vor ihm aufpflanzen wollte, den Ständer in die Weiche stieß und ihn beinahe über den Haufen rannte.

Die Braut erregte allgemeines Entzücken: »Wunderbar! Hinreißend! Die Augen!...« riefen ein paar wakkere Personen. »Ein Kleid, das ein kleines Vermögen gekostet hat!« Einer, der zarter besaitet war als die andern, meinte: »Sie ist in lauter Licht gehüllt!«

Giovanni reichte der Braut den Rosenstrauß und betrat hinter ihr die Kirche. Still und schüchtern glitt Ninetta am Arm ihres Vaters dahin, der wuchtig hin und her schwankte wie ein Ochse. Giovanni selbst stieg, der Schwiegermutter den Arm reichend, die Stufen des Chors hinan, und bald darauf beugte er die Knie auf das Samtkissen an Ninettas Seite. Alles kam ihm ganz und gar unwahrscheinlich vor. Ninetta, deren Schleier bei der kleinsten Gebärde rauschte wie die Blätter eines Waldes; der Priester mit der goldenen Stola am lichterfunkelnden Altar; ja selbst die Nadel, die in seiner gestreiften Hose steckengeblieben war und ihm aufs erbärmlichste den Oberschenkel zerstach.. Hinter dem Tabernakel stimmte die Orgel das Ave Maria von Schubert an, die Stimmen der Waisenhauskinder stiegen zur Decke empor und trafen sich dort mit den Sonnenstrahlen, die durch die düsteren Scheiben immer breiter und tiefer hereindrangen und auf denen Engel auf und nieder zu schweben schienen.

In diesem Augenblick wurde es offenbar, daß Giovanni (ohne daß irgend jemand – am wenigsten er selbst – davon gewußt hätte) in langer und heißer Liebe von einer Nachbarin begehrt worden war, einer mittelgroßen, einäugigen Vierzigerin. Am Altar der heiligen Barbara stehend, brach diese in ein so heftiges Schluchzen aus, daß sogar der zelebrierende Priester sich mit einem strengen Blick nach ihr umwandte. Doch die Ärmste vermochte nicht an sich zu halten, noch konnte sie es verhindern, daß ihr Schluchzen aller Welt verriet, wie glühend sie gewünscht hätte, selbst im weißen Schleier an der Stelle der Braut zu sein. Man mußte sie schließlich in die Sakristei bringen und ihr eine Tasse Schokolade einflößen.

Ein jämmerliches Bild bot auch der alte Oberst Motta, von dem sich alle ein dröhnendes Hoch auf die Brautleute erwarteten, denn er war es stets gewesen, der im Stadttheater bei den Galavorstellungen zu Ehren der Kavallerie oder der Artillerie mit Donnerstimme ausgerufen hatte: »Alles aufstehen! Es lebe unsere ruhmreiche Artillerie! Hurra!« Jetzt aber begann auch er leise vor sich hinzuweinen, stille Tränen eines alten Junggesellen, der sich vor dem einsamen Tod im weißlackierten Eisenbett fürchtet.

Nach der Messe hielt der Geistliche die Predigt. Dieser Mann, der die Sanftmut selbst zu sein schien und der den Brautleuten mit tränenschimmerndem

Blick die geweihte Hostie gereicht hatte, fiel plötzlich dem wütendsten Zorn anheim. »Professor«, schrie er Giovanni mit geballten Fäusten an, »bedenke, daß dies die Gefährtin deines Lebens ist! Im Krieg kamen die Soldaten, bevor sie zum Sturmangriff antraten, zu mir und sagten: ›Meine Frau ist gut! Meine Frau ist schön! Ich hab' eine Heilige zur Frau!‹ Ja, das sagten die Soldaten zu mir, bevor sie dem Tod entgegengingen. Vergiß das nie, Professor!...« Und während der Alte mit zornbebenden Fäusten vor dem Altar auf und ab ging, schrie er Hunderte von Malen: »Vergiß das nicht!« und nannte Giovanni unentwegt »Professor«. Endlich brach, wie wenn die Sonne durch die schwärzeste der Wolken dringt, ein Lächeln auf dem wutentstellten Gesicht hervor, und ein sanfter, zärtlicher, kindlicher Ausdruck legte sich um jenen Mund, der so lange und laut geschrien hatte. »Nun geht jetzt, meine Lieben! Geh dahin, junges Paar!«

Die Menge atmete hörbar auf und öffnete beiderseits des roten Teppichs eine Gasse für die Neuvermählten. Noch einmal müssen wir feststellen, daß die wackeren Catanesen ihre Stimme nicht im Zaum halten können. Inmitten von Ausrufen seiner Freunde wie: »Schön! Entzückend! Elegant! Zum Anbeißen!« unterschied Giovanni deutlich einige Stimmen Unbekannter. »Du, dem sein Gesicht gefällt mir nicht!«

»Du wirst sehen, Gevatter, der schafft's nicht!«

»Der? Siehst du denn nicht, welch ein Koloß das ist?«

»Sicher, aber diese Dickwänste machen bei der kleinsten Anstrengung schlapp!«

Vor der Kirche mußten die Brautleute haltmachen. Auf der untersten Treppenstufe sah man einen Mann hinter einem Apparat kauern, der auf einem Dreifuß stand. »Eine Minute!« rief das Individuum, den Kopf im schwarzen Wachstuch.

Das Bild kam in dem Augenblick zustande, als ein neuer Windstoß den Pagen abermals blendete und den Schleier der Braut und die Hüte und Rockschöße der Versammelten in die Luft hob. »Schluß jetzt!« röchelte Giovanni. »Fort von hier!«

Der Empfang im Hause der Schwiegereltern war vorbei. Die Dienstmädchen klagten, die Gästeschar habe kein einziges Stück Kuchen für ihre Kinder übrig gelassen, ja der Gerichtspräsident habe ein Biskuit in seinem Geldbeutel mitten unter den Kupfermünzen, verschwinden lassen. Sich an Giovannis Jackenaufschläge klammernd, hauchte ihm Barbara beschwörend die Worte ins Gesicht: »Geh nicht nach Mailand, Bruderherz! Der Nebel und die Kälte bekommen dir nicht! Wo du zum Rheuma neigst!«

Giovanni brummte etwas Unverständliches und kehrte zu Ninetta zurück, die schon in die Reisehandschuhe schlüpfte. Es war soweit!

Und in der Tat, eine Stunde später machte er sich voll Staunen klar, daß er sich in der verschlossenen Kabine eines Schlafwagens an der Seite eines entzückenden Geschöpfs befand und daß der so lange gefürchtete Augenblick des Alleinseins endlich gekommen war.

Doch die Wege der Vorsehung sind unerforschlich. Der Tag der Hochzeit war der letzte, an dem die alte Schüchternheit, die Trägheit und die Schwierigkeit, eine lange gehegte Vorstellung in die Tat umzusetzen, Giovanni Schmerzen bereiteten, wo er hätte glücklich sein sollen. Ein neues Leben war für ihn angebrochen, wie ihm Ninetta immer aufs neue wiederholte.

In Taormina, wo sie zwei Wochen blieben, hatte Giovanni oft Gelegenheit, mit einem Lächeln und einem wohlwollenden »Diese Schurken!« an die Reden zu denken, welche ihm die schon verheirateten Freunde vor seiner Hochzeit gehalten hatten. Das war es also?

Ein göttliches Gefühl der Zufriedenheit durchrieselte ihn, ein heiseres Uhuuu vibrierte in seiner Kehle, wenn er die wenigen Male, da er allein durch Taorminas Gäßchen lief, an sich und sein neues Leben dachte. Denn während er genauso wie alle andern imstande war, mit den kleinen Anlässen zum Unglücklichsein fertig zu werden, war das Glück, das große Glück, im höchsten, in einem ganz außerordentlichen Maße sein eigen. Zwar behauptete er, er betrage sich nicht anders als die Männer überhaupt, insgeheim aber genoß er sein Dasein wie ein kleiner Herrgott.

Immer wenn sie am Ende eines Gäßchens an ein eisernes Geländer kamen, hinter dem keine Erde mehr war, sondern nur noch Tausende von Wellen, die lautlos dahinglitten und sich mit weißem, grünem, rosa Schaum bedeckten, suchte Ninetta seine Hand in der Manteltasche, und ihre kleinen Nägel in seine Handfläche grabend, gab sie ihm zu verstehen, daß sie keine Worte fand, um ihre Gefühle auszudrücken. Endlich sagte sie wohl: »Ach, was wär ich ohne dich?«

Dann bewölkte sich Giovannis Stirn: er betete seine

Frau an, aber er war abergläubisch wie ein Kind, und vom Tod durfte nicht einmal im Scherz die Rede sein. »Was soll das jetzt?« brummte er.

Und da Ninetta jedesmal, wenn ihr Blick auf dieses unendliche Meer aus Hunderten von verschiedenfarbenen und lautlosen Strömen fiel, unweigerlich jenen Unglückssatz wiederholte oder Giovanni stumm mit feuchten Augen betrachtete oder ihn wie einen reglos Daliegenden zart auf die Stirn küßte, sagte Giovanni endlich: »Fort, fort, hier kommt man auf dumme Gedanken! Wir sind doch jung, das heißt, du bist es mehr als ich», und hier bewölkte er sich aufs neue, »und glücklich sind wir auch!«

Und eines Sonntagabends, während sich in dem kleinen Bahnhof die Junggesellen aus Catania drängten, die mit finsterem, unzufriedenem Gesicht, den Hut in der Stirn und die Hände in den Taschen, auf den Zug warteten, der sie in die Stadt zurückbringen sollte, reisten Giovanni und Ninetta nach Norden.

Ein Aufenthalt in Neapel; ein zweiter, längerer in Rom; und dann war der Hochsommer da, die Zeit, da die catanesische Jugend sich aufmachte nach Abbazia.

Giovanni wandelte mit seiner jungen Frau auf den Spuren der Vergangenheit; in Viareggio war ihm fast, als fände er die Löcher wieder, die er einst in den Sand gegraben hatte, während er, auf dem Bauch liegend, Stunden um Stunden die nackten Beine eines Mädchens betrachtete. Wie einer, der in sicherem Schiff über einen See fährt, in dem er einmal beinahe ertrunken wäre, so durchstreifte er nun im Schutze seiner Frau die Stätten seiner Junggeseleneinsamkeit; hier hatte er gegähnt, und fast fühlte er noch in der Luft die leise, längstvergangene Bewegung seines Atems; hier hatte er so getan, als läse er in einem Buch; und dort hatte er einen halben Tag über der Frage gebrütet: Soll ich sie ansprechen? Nein, diesmal tu ich's, so wahr mir Gott helfe! Und trotzdem – er wurde nicht melancholisch bei diesen Erinnerungen, obwohl ihm schien, als enthielten sie mehr vom Weib als sein gegenwärtiges Glück. Seit eine Frau an seiner Seite ging, hatte das WEIB in seinem Leben ein viel geringeres Gewicht. Ninetta hatte ihn von einigen Zwangsvorstellungen dem andern Geschlecht gegenüber befreit; andererseits begann die neue Freiheit ihm manchmal ein wenig unbehaglich zu werden (womit die ständig wachsende, die eifersüchtige Liebe zu seiner Frau nicht geschmälert oder in Frage gestellt sei).

Die Erinnerung an das WEIB, die Liebe zu Ninetta und die Eifersucht erreichten in Giovannis Brust ihren Höhepunkt, als das junge Paar Ende August in Abbazia ankam.

Oft, wenn er am Morgen das leichte Aroma ihrer Küsse, wenn er all das, was seine Beziehungen zu Ninetta an Unbestimmtem, Unwirklichem, Unsinnlichem enthielten, hinter sich ließ und seiner Frau den Rücken wandte, dann wuchs und wuchs die trübe Woge, die ihm so viele Jahre lang zu Kopf gestiegen war, bis er sie in der Zeit seiner Verlobung und der reinen Liebe zurückgedrängt hatte, sie wuchs, bis sie ihn fast unter sich begrub. Von seiner Frau weggewandt, deren zärtlicher Atem das Kissen an seiner Seite belebte, dachte Giovanni wieder an das WEIB. »Was hast du denn?« fragte ihn Ninetta eines Morgens. »Was schaust du denn nach der andern Seite?« Und als sie ihn an den Haaren packte und seinen Kopf zu sich herumdrehte, gewahrte sie in seinen Augen eine seltsame, tiefe, zitternde Farbe, wie sie in den erschrockenen Augen eines Kaninchens erscheint, das nach langer Verfolgung endlich in Gefangenschaft geraten ist.

Inzwischen kannte seine Liebe zu Ninetta keine Grenzen mehr, schloß alle andern Zärtlichkeiten, Sympathien und Neigungen in sich ein, angefangen bei seiner Schwäche für Angorakatzen über seine Vorliebe für Personen mit Stupsnase bis zu seiner Rührung angesichts junger Mütter. Was immer im Laufe seines Lebens ihm Vergnügen bereitet und seine Augen hatte aufleuchten lassen, fand er in Ninetta wieder. Erwähnen wir unter vielen anderen ein scheinbar nichtiges Beispiel: als Kind hatte ihn immer das Geräusch der Zündhölzer auf der feuchten Herdplatte in Entzücken versetzt. Nun – Ninetta brachte, wenn sie mit der Hand über ihr Haar strich, ein ganz ähnliches Geräusch hervor.

Was die Eifersucht betraf, so hatte sie ihn ganz und gar verschont, bis er eines Abends in Viareggio, ans Buffet einer Bar zurückkehrend, an dem er seine Frau einen Augenblick alleingelassen, zwei Sizilianer überraschte. Augen und Schnauzen auf Ninettas Hüften gerichtet, murmelten die beiden in ihrer Sprache, sicher, daß kein Mensch sie verstand:

»Nein, die da ist besser!«

»Vielleicht ist die Salnitro ein bißchen magerer, aber die Schenkel! ...«

»Und die Schenkel von der da, die siehst du wohl nicht, du Dummkopf? Schau doch hin, du Esel! U-huuuu!«

Vor Zorn war Giovanni bis zu den Haarwurzeln errötet. Nur keine Sizilianer! sagte er bei sich selbst.

Die ›Kontinentalen‹, wie er alle diejenigen nannte, die keine Sizilianer waren, hatten in ihrer Art, ihrem Blick, ihrer Stimme eine Flamme, die nicht brannte. Eine warme, ja selbst eine grenzenlose Sympathie für Ninetta, die sich in solchen Gebärden, solchen Blikken, in einer solchen Stimme äußerte, konnte ihn nicht aus der Ruhe bringen.

»Mit Sizilianern nicht!« sagte er zu seiner Frau gleich nach ihrer Ankunft in Abbazia.

»Was nicht?« fragte diese stirnrunzelnd.

»Ach, ich wollte dich nur bitten, nicht mit Sizilianern zu tanzen und auch nicht mit ihnen zu sprechen!«

Ninetta griff nach seiner Rechten und hielt ihm den Finger, der eine gewisse Freiheit bedeutete, unter die Augen.

»Jaja, ich verstehe schon!« stotterte Giovanni. »Ich wollte dich lediglich bitten, diesen Kerlen nicht zu viel Vertraulichkeiten einzuräumen. Ich kenne sie! Sie kommen hierher, um ein Gemetzel anzurichten, wie sie sich ausdrücken. Wenn sie mit einer Dame tanzen und die lacht ein bißchen mit ihnen, dann schreiben sie an ihren Freund nach Messina, ihre Partnerin habe sie geküßt. Schau sie nur an, wenn sie nach einem Tanz zu ihren Kumpanen zurückkehren: wie sie sich die Lippen lecken und Schmachtaugen machen, als hätten sie Honig gefressen!«

Seine Stimme bebte vor Zorn: er war ein Opfer der Heftigkeit, die uns zu überwältigen pflegt, wenn wir üble Nachreden gegen uns selber führen.

»Aber hast du denn das gleiche getan?«

»Reden wir nicht von dem, was ich getan habe. Jedenfalls kann ich dir versichern, daß ich sie kenne!«

»Beruhige dich nur wieder, Liebster! Ich habe gar kein Verlangen, mit irgend jemand zu tanzen!«

Doch eines Abends saßen sie auf der Terrasse eines Cafés; die blaue Nacht verlieh den weißbejackten Männern eine ungewöhnliche Anmut; das Scharren der Füße vermischte sich mit dem leisen Rauschen des Meeres, und die vorüberschwebenden Kavaliere erweckten in Ninettas leicht gerötetem Ohr den Eindruck leisen Flügelschlagens. Da sagte sie zu Giovanni: »Ach, ich möchte tanzen!«

»Wie du willst!« brummte dieser mit einem Räuspern, das seiner Stimme Festigkeit verleihen sollte. »Ganz wie du willst!«

»Hast du auch nichts dagegen?«

»Nein, ganz und gar nichts!«

Es dauerte nicht lange, so näherte sich ein Sizilianer, der sich, nachdem er den Freunden zugeblinzelt, mit einem schüchternen, boshaften und bittenden Lächeln verbeugte. Giovanni konnte nicht mehr an sich halten und faßte unter dem Tisch nach Ninettas Hand. Weiß wie ein Bettuch flüsterte er ihr zu:

»Mit dem nicht! Mit dem nicht! Bitte nicht!«

Und in der Tat sagte Ninetta: »Nein, danke, ich bin müde!«

Der Kavalier trat die Retraite an, als steige er rückwärts eine Treppe hinunter, und Giovanni folgte ihm verstohlenen Blicks, bis er in den Kreis der wartenden Kumpane zurückgekehrt war, die ihn mit Rippenstößen und höhnischem Gelächter empfingen.

»Hast du gesehen?« fragte Giovanni.

»Nein, ich habe gar nichts gesehen!« erwiderte Ninetta ärgerlich.

Als die Musik wieder zu spielen anfing, verneigte sich vor ihr ein großer, gleichgültig und gedankenvoll dreinschauender junger Mann.

»Mit dem ja!« raunte Giovanni.

Sich das Kleid über den Hüften glattstreichend, stand Ninetta auf: Giovanni beschloß, während des ganzen Tanzes die Augen nicht von seiner Hand zu wenden, die vor ihm auf dem Tisch lag. Ein Vorhaben, das er getreulich ausführte.

Dreimal tanzte Ninetta mit dem Kavalier.

»Anscheinend ein ganz ordentlicher junger Mann!« brummte Giovanni, während sie ihrem Hotel zuschritten.

»Das glaubst du!« versetzte Ninetta. »Ein abgefeimter Spitzbube ist er! Er hat mir partout einen Kuß geben wollen.«

»Reisen wir!« rief Giovanni, vom Zorn übermannt. »Reisen wir auf der Stelle!«

Und wirklich bestiegen sie am nächsten Morgen den Zug nach Mailand.

12

Die neue Wohnung in Mailand roch nach warmem Firnis und feuchten Sägespänen; Giovanni beklagte sich am Morgen nach der ersten Nacht bei seiner Frau.

»Mein Gott, ich rieche nichts!« versetzte Ninetta.

»Ich wohl; und zwar so, daß ich nicht schlafen kann!«

»Rochen vielleicht die Spinnweben besser, die mich in Catania nicht schlafen ließen?«

»Jeder ist eben an den eignen Geruch gewöhnt! Nur, weißt du, wenn ich jetzt die Vorstellung nicht los werde, tu ich kein Auge mehr zu – ich kenne mich!«

»Mach's wie ich in Sizilien: bespreng dein Kopfkissen mit Kölnischwasser!«

Giovanni befolgte den Rat seiner Frau, worauf er schlief wie ein Bär; aber im Traum preßte er die ganze Nacht mit beiden Händen den schmerzenden Kopf. Nach einer Woche hatte er sich in der neuen Wohnung eingerochen und brauchte kein parfümduftendes Kopfkissen mehr, um einschlafen zu können.

Woran er sich hingegen ganz und gar nicht gewöhnen konnte, das waren die modernen Möbel. Ratlos lief er zwischen den rationalen Stühlen, dem seltsam geschwungenen Flügel und den Stahlröhren umher – nicht anders als eine Katze, die einen Ofen an die Wand gemalt sieht, um jeden Preis hineinkriechen und sich wärmen möchte, und sich bestenfalls den Kopf blutig stößt. Ach, all diese Möbel forderten eine stocksteife Haltung, und es war ganz unmöglich, den Kopf hintüberfallen oder sich sanft hineingleiten zu lassen oder sich behaglich einzurollen.

Eines Nachmittags dachte er: Jetzt mach ich ein Schläfchen wie in Catania. Wenn ich nach dem Essen keine Siesta halte, wie soll ich dann am Abend munter bleiben und lange Gespräche führen?

Gedacht, getan. Doch als er in sein Zimmer trat, traute er seinen Augen nicht: das Bett war in der Wand verschwunden, und an seiner Stelle erhob sich ein schmales und langes Möbel mit einem Deckchen und zwei Kaktustöpfen drauf. Er blieb wie angewurzelt stehen und starrte verständnislosen Auges auf das unnütze Stück, dann seufzte er: »Ja, so hat es wohl kommen müssen!«

Die Freiheit nutzend, die ihr Giovannis kleiner Finger zugesichert, hatte Ninetta separate Schlafzimmer eingerichtet, die durch einen Flur getrennt waren. Zum Unglück war die Heizung so gelegt, daß alle Zimmer erwärmt wurden, nur dieser Flur nicht.

Als Giovanni in der ersten Nacht die Nase aus seinem Zimmer steckte, fühlte er Eiseskälte. »Das ist ja schlimmer als auf der Straße!« murmelte er vor sich hin. »Soll ich denn wirklich in dieser Stadt vor die Hunde gehn?« Inzwischen war er in seinen Pantoffeln bis zum dichtbehängten Kleiderständer geschlurft.

Was tu ich? dachte er. Dreimal warf er sich den schwersten Mantel um die Schultern, und dreimal nahm er ihn wieder herunter. Endlich beschloß er, ihn umzubehalten: Ich laß ihn vor Ninettas Tür!

Am nächsten Tag hatte die gegenseitige Vertraulichkeit Fortschritte gemacht, und Giovanni präsentierte sich seiner Ehehälfte im Pyjama, in einen Schlafrock aus Kamelhaar gehüllt, um die Schultern einen schwarzen Überzieher. Er genierte sich ein bißchen unter diesem baumelnden Berg von Körperbedeckungen; doch Ninetta, welche ihn immer mit einem Lächeln empfangen hatte, schaute ihm diesmal voller Ernst entgegen, um ihn nicht in Verlegenheit zu bringen.

Eines Nachts sank die Temperatur auf fünf Grad unter Null, und Giovannis nächtliche Expedition unterblieb.

»Warum sind Sie nicht erschienen, mein Herr?« fragte ihn Ninetta, würdevoll lächelnd, am Frühstückstisch.

»Ach!« brachte er nur hervor und blickte nach der mit Eisblumen bedeckten Veranda.

Ninetta platze heraus und legte ihm wie einem Kind die lauen Hände um die kalten Ohren.

In der darauffolgenden Nacht erhellte ein rötlicher Lichtschein den Korridor: die liebreiche Gattin hatte ein elektrisches Öfchen aufgestellt, das die Beine des Vorübergehenden wärmte und ein leises Geräusch hören ließ wie das Winseln eines träumenden Hundes.

Na, nicht übel! dachte Giovanni und drehte sich ein wenig vor dem Ofen, bevor er sich in die zweite Flurhälfte hinauswagte.

Als er jedoch zum Kleiderständer kam, konnte er nicht widerstehen: er nahm seinen breitkrempigen Hut herunter und stülpte ihn auf den Kopf. »Mein

Gott!« flüsterte diesmal Ninetta, als sie ihn hereinkommen sah; aber er hörte nichts.

»Du, ich bedanke mich für das Öfchen!« sagte Giovanni und nahm den Mantel von den Schultern.

»Morgen kommt auch das Telefon«, verkündete sie und tastete nach dem Knopf der Nachttischlampe, um das Licht zu löschen.

Kaum war das Telefon angeschlossen, da ließ sich auch schon die Stimme des Kommerzienrats Di Lorenzo, des Chefs der Firma vernehmen, der sich darüber beklagte, Giovanni komme zu spät ins Geschäft.

»Sie haben recht!« antwortete Ninetta. »Um elf ist's wirklich zu spät!... Ganz Ihrer Meinung, Herr Kommerzienrat!«

»Verdammter Apparat!« knurrte Giovanni, als sie den Hörer auflegte. »Das fängt ja gut an! Wer weiß, wieviel Unglücksbotschaften uns dieses Teufelszeug noch ins Haus bringt!«

»Lieber, sei doch nicht abergläubisch! Du gibst doch zu, daß Di Lorenzo recht hat! Du mußt in Zukunft sehr früh aufstehen!... Bitte, laß doch das Stück Eisen los!«

Ninetta setzte sich auf die Armlehne des Sessels, in dem ihr Gatte saß, und Schläfe an Schläfe geschmiegt, sagte sie ihm hundert Zärtlichkeiten: »Mein Braver wird ganz früh am Morgen aufstehn!... Früh aufstehn wird mein süßes Dickköpfchen!... Ganz früh kriecht mein Böser aus dem Nest!...«

Und in der Tat: Giovanni erhob sich am nächsten Morgen um halb sieben.

Ninetta blieb im Bett, aber sie ließ ihre Schlafzimmertür offen, um die Schritte ihres Guten hören und ihm ab und zu kleine Ermunterungen zurufen zu können.

Nicht immer waren diese Schritte sehr hurtig; und wenn sie in irgendeiner Ecke der Wohnung ganz abstarben, stützte sich Ninetta auf ihren Ellbogen und rief: »Beeil dich, Schatz!«

Dann kam ein Augenblick, da hatten die Schritte aufgehört, und man vernahm einen seltsamen Ton, wie wenn jemand einen Stoff bürstet und reibt.

Was war los? Ninetta schlüpft in einen Morgenrock und springt aus dem Bett, um zu sehen, was ihr Giovanni anstellt. Und sie überrascht ihn dabei, wie er, mit rotem, glückstrahlendem Gesicht, den Rücken an der Heizungsröhre schrubbt.

»Aber nein, Geliebter, das darfst du nicht tun!« sagt Ninetta vorwurfsvoll.

Die unerwartete Stimme seiner Frau traf ihn wie ein Keulenschlag: er glaubte zu vergehen vor Scham.

»Ich bin halt von Natur ein bißchen verfroren«, murmelte er nach minutenlangem Schweigen.

»Du mußt dich ändern!«

»Ja, das will ich, du wirst schon sehen!« stieß er wütend hervor, erbittert gegen sich selbst, gegen seine Natur, gegen Sizilien, das alte Haus in Catania und alle Tücher und Decken, die auf ihm gelastet hatten, seit er zur Welt gekommen war.

Drei Tage lang brummte er diesen Satz vor sich hin, aber er wußte nicht, wie er ihn in die Tat umsetzen sollte.

Düster-entschlossenen Gesichts stand er endlich

eines Morgens auf und verlangte einen Bademantel und eine Hautbürste.

»Was hast du vor?«

»Kalt duschen!« antwortete er mit zusammengezogenen Augenbrauen.

»Aber nein, Liebster! Daran bist du nicht gewöhnt! Damit muß man im Sommer anfangen, nicht im Winter! Ich bitte dich, Liebster!«

Er schüttelte nur den Kopf, und den Frotteemantel über die Schulter geworfen und die Gummibürste heftig gegen die Handflächen reibend, schritt er auf das Badezimmer los.

Im Grunde, dachte er, hat das kalte Wasser noch niemand umgebracht. Ich hab ein gesundes Herz! Der Schlag könnte mich treffen, wenn ich ein schwaches Herz hätte. Aber Gottlob – ich hab ein gesundes Herz!

Doch auf der Schwelle überkam ihn ein leichter Schwindelanfall. Alle die eiskalten Dinge, der Boden, die gekachelten Wände, die Metallteile schienen wie Messerspitzen in sein Fleisch zu dringen. Aber das dauerte nur eine Minute.

»Vorwärts!« rief er und drehte den Hahn auf; und mit einem Satz stand er unter der sprühenden Dusche.

All sein Blut, das an die langen, nachmittäglichen Schlafstunden unter warmen Decken gewöhnt gewesen war, seine von der Wolle auch während des Sommers verzärtelte Haut, die in laue Wärme eingesenkten Wurzeln seines Lebens empörten sich unter dem Peitschenschlag des kalten Wassers. Er glaubte sein Ende nahe, er glaubte in Eis zu erstarren und dann wieder in einem glühenden Ofen zu braten. Mit krebsrotem Gesicht verließ er das Bad.

»Ha, ich fühl mich viel wohler!« verkündete er seiner Frau, während ihn Schauer überliefen, von denen er nicht zu sagen gewußt hätte, ob sie von Grabeskälte oder von Feuerbränden herrührten.

»Du, ich fühle mich wirklich wohler«, telefonierte er aus dem Geschäft. »Jetzt kann mir die Kälte nichts mehr anhaben!«

Tatsächlich war ihm besser. Aber zwei Tage später hatte er einen fürchterlichen Schnupfen. Seine Nase, schon von Natur ein wenig eng, schloß sich völlig. Er mußte gewaltig schnaufen, um Luft zu bekommen, wobei er ein Zischen und Pfeifen hören ließ, daß Ninetta sich ruckartig umwandte. Nicht daß sie Verdruß gezeigt hätte, aber immer wenn der Ärmste durch die Nase pfiff, glaubte sie sich beim Namen gerufen. So war Giovanni gezwungen, mit offenem Mund zu atmen, und wenn sein Gaumen ausgetrocknet war und er anstelle der Zunge ein Stück Kork im Mund zu haben meinte, ging er in ein anderes Zimmer, möglichst weit fort von Ninetta, und schnaufte mit der ganzen Kraft seiner Lungen. Und konnte er einmal nicht aufstehen und Ninetta allein lassen, dann vertuschte er das fatale Geräusch mit einem Gähnen.

Am dritten Tag ließ er sich, da die Erkältung noch immer nicht nachgelassen hatte, von Di Lorenzo zur Besichtigung einer Filiale nach Como schicken. In Como zog er sich in ein Hotelzimmer zurück und machte eine Roßkur.

Geheilt kam er wieder, um unverzüglich eine zweite

Dusche zu nehmen. Entweder geh ich drauf, dachte er, oder ich werde ein anderer!

Und ganz allmählich wurde er ein anderer! Dürr wie ein Dauerläufer, von normaler Gesichtsfarbe (die roten Flecken nach dem Essen waren verschwunden), mit glänzenden, vorspringenden Augen. Und als er erst einmal aus seinen Gewohnheiten gerissen war, wurde sein Bedürfnis nach Bewegung und Kälte zur Manie: er lief in einem dünnen Überzieher umher und gönnte sich nur wenige Minuten Ruhe am Tag und nur wenige Stunden Schlaf in der Nacht.

Bei jedem neuen Beweis der Wandlung klatschte Ninetta in ihre rosafarbenen Hände: wenn er im Morgengrauen aufstand, wenn er federnden Schrittes sein Schlafzimmer verließ, wenn er eine Dusche nahm, auf noch einen Pullover verzichtete, wenn er seine Spaghettiportion noch mehr verkürzte. Das alles waren persönliche Erfolge für sie; denn im Grunde war sie es ja, welche ihm das Tempo, die Entfettungskur, die leichte Bekleidung vorschrieb.

Ab und zu ein Knirschen in seinen Gelenken: es war sein Leben, das leise quietschte wie eine alte Postkutsche, vor die man ein feuriges Pferd gespannt hat. Wieder und wieder betrachtete er seine Augen, die wie jene eines von Schlaflosigkeit Geplagten glänzten, und er wußte nicht recht, was er von seinem neuen Aussehen halten sollte. Er war magerer geworden als ein Pennäler, aber um all diese Dürre war immer etwas Schlaffes und Hinderliches, wie das Gespenst eines Dicken. Zwar – den allgemeinen Regeln zufolge, nach denen ein Mann für schön oder häßlich erklärt wird, fiel Giovanni keineswegs unter die Kategorie der Häßlichen: er war weder dick noch klein, noch krumm! Und doch... Immer, wenn Ninetta in trauter Häuslichkeit die Wange an seine Brust lehnte, sah er im Spiegel das Schauspiel einer schönen Frau und eines häßlichen Mannes.

»Bist du glücklich?« hauchte sie zu ihm hinauf, die Lippen auf den Knöpfen seiner Weste.

»Ja!« antwortete Giovanni, während sein ganzes Leben sich aus seinen Augen über die blonden Haare der Gattin zu ergießen schien.

Im Februar kamen die Wohnzimmermöbel und ein Lampenschirm, der wie ein großer Kessel aussah und, mit silbernen Ketten an der Decke befestigt, sein weißes Licht nach oben warf.

»So, jetzt werden wir nicht mehr allein sein«, sagte Ninetta. »Du wirst Persönlichkeiten ersten Ranges kennenlernen.«

Und wirklich strömte seit jenem Abend, mit Schuhequietschen, Seufzen und Hüsteln, ganz Mailand (wenigstens schien es ihm so) in die beiden Empfangsräume, und Ausrufe wie: »Jaja... Oh! oh!... Das nenne ich Geschmack!... Gut gewählt!... Schön habt ihr's... Wirklich nett!« wollten kein Ende nehmen. Kommerzienrat Di Lorenzo kam jeden Donnerstag und Samstag; die Schriftsteller Luisi, Marinelli und Valenti dagegen erschienen, von ihren Damen begleitet, jeden Abend. Die andern schauten zu beliebigen Zeiten herein, manchmal nach dem Theater, um ein wenig Cognac aus den großen Napoleongläsern zu schlürfen, die Barbaras Hochzeitsgeschenk gewesen waren.

Er hatte gefürchtet, er würde sich so gebildeten und berühmten Personen gegenüber gehemmt fühlen, aber nein: alles waren artige Leute; sie standen auf, sobald er hereinkam, und immer fragten sie ihn, was er von ihren Gesprächen halte, und interessierten sich für Sizilien, die Frauen, das sommerliche Strandleben, den Ätna und die Apfelsinen.

Giovanni gab einsilbige Auskünfte, wenn er nicht überhaupt einfach nein sagte und den Kopf dazu hob wie ein Pferd, wenn es nicht mehr trinken will.

»Sie sind ein schweigsamer Typ«, sagten sie zu ihm. »Sie verschwenden nicht gern Worte an uns!«

Valenti kam oft vor den andern, zu einer Stunde, da noch das letzte Tageslicht zu den Balkonfenstern hereinschimmerte. Immer war er müde, der Ärmste! Er ließ das Haupt auf den Rücken des Sessels sinken und schloß die Augen, nur die Finger trommelten auf den beiden Armlehnen. Giovanni empfand tiefes Mitgefühl für ihn; er saß ihm auf einem höheren Stuhl gegenüber und betrachtete ihn schweigend, während seine Frau umherging und Anordnungen traf oder am Telefon antwortete.

»Ach ja, mein Lieber!« sagte eines Abends Valenti, wie immer mit geschlossenen Lidern, zu ihm. »Von mir wird nichts bleiben! Nichts! Ich versteife mich darauf, Bücher zu schreiben, aber im Grunde bin ich nur ein Journalist!«

Giovanni, der nicht begriff, antwortete mit einem dumpfen Kehllaut.

»Entweder müßte man die *Malavoglia* geschrieben haben oder gar nichts, so wie Sie!... Es gibt kein

Zwischending für einen Mann, der auf Selbstachtung Wert legt!«

Giovanni tat, als müsse er husten.

»Ich beneide Sie!« rief Valenti aus, indem er endlich die Augen aufschlug und auf Giovanni den Blick eines kranken Kindes ruhen ließ. »Ich beneide Sie! Ich möchte sein wie Sie! Was Sie sagen, ist richtig! Was ich schreibe, falsch! Warum schreibe ich, und Sie sprechen nicht? Sprechen Sie doch heute abend, wenn alle beisammen sind! Ich bitte Sie darum: sprechen Sie mehr als die andern! Was sie sagen, wird Hand und Fuß haben! Vertrauen Sie mir: sprechen Sie!«

Am Abend brachte Giovanni wie gewöhnlich die Lippen nicht auseinander. Aber als er am darauffolgenden Tag Valenti mit einem Stoß bedruckter Blätter in der Hand und einem leichenfahlen Gesicht eintreten sah, glaubte er, der Gute sei seinetwegen so betrübt, und nahm sich vor, sein Schweigen zu brechen.

»Ach, wenn Sie ein kleines Feuer im Kamin hätten«, sagte Valenti zu Giovanni, nachdem er eine gute Stunde mit geschlossenen Lidern dagesessen hatte, »ich würde diese Blätter da hineinwerfen!... Drei Jahre Arbeit! Tausende von Stunden am Schreibtisch! Und das Resultat? Seiten ohne Saft und Kraft, falsch gesetzte Beiwörter! Oh, könnte ich diesen ganzen Körper aus Worten verbrennen, in dem ich grimmige Qualen leide wie ein Lahmer oder Buckliger!... Oh, an den Wörtern sterben!«

»Heute abend«, versprach Giovanni, »will ich mich am Gespräch beteiligen. Nur fürchte ich, Ninettas Mißfallen zu erregen!«

»Aber Sie sind doch tausendmal wertvoller als Ihre Frau!«

Giovanni war wie vor den Kopf geschlagen: er wertvoller als Ninetta?

Als am Abend die Maler und Literaten wiederum den Salon füllten und die Rede auf einen alten, wegen seiner Zoten berühmten Bologneser kam, steuerte Giovanni eine Episode aus seinem Leben in Catania bei. »Mein alter Onkel«, erzählte er, »erkannte die Leute nicht, und wenn Besuch da war, dann trat er so nahe an die Damen heran, daß die Schnauzen beinah aufeinander stießen...« Er hielt, bis an die Haarwurzeln errötend, inne: mein Gott, was hatte er da gesagt! Doch er sah, daß alle lächelten und ihm beifällig zunickten.

»Nur weiter!« sagte Luisi. »Sie erzählen wie ein Halbgott...«

»Er näherte sich also den Damen und knurrte sie an: Wer zum Teufel sind Sie eigentlich? In Wirklichkeit sagte er ja nicht zum Teufel, er sagte etwas viel Schlimmeres!«

Ninetta warf ihm einen strengen Blick zu.

Valenti aber nickte aufmunternd.

»Wir Jungen dagegen«, fuhr Giovanni fort, »pflegten den Alten zu verhohnepiepeln.«

»Wie?« rief Marinelli, vom Stuhl aufspringend. »Was haben Sie da für ein Wort gebraucht?«

»Nun«, versetzte Giovanni mit tonloser Stimme, »wir trieben unsere Späße mit ihm.«

»Aber das ist ja die Sprache Vergas! Gott, wie schön Sie sprechen!«

»Und Sie«, sagte die Valenti, »der Sie so gut erzählen, Sie haben so viele Abende geschwiegen! Wer weiß, um wieviel Schönes Sie uns gebracht haben!«

Giovanni wischte sich mit dem Handrücken über die Stirn und lächelte.

Als sie jedoch spät in der Nacht allein waren, machte Ninetta ein finsteres Gesicht und gab barsche Antworten.

»Du bist ja, scheint's, ganz schwer geladen!« murmelte Giovanni.

»Was für Redensarten, Teuerster! Schwer geladen!«

»Ich bin Sizilianer und spreche sizilianisch!... Oder spreche ich italienisch?... Jedenfalls spreche ich, wie mir der Schnabel gewachsen ist!«

»Es fragt sich nur, wo und mit wem. Glaub nicht an das Lob, das man dir spendet! Wissen wir denn, was sie hinterher über dich reden?«

»Oh, ich bin keiner, über den man sich lustig macht, darauf kannst du dich verlassen!« rief Giovanni wutentbrannt.

»Vor denen kann sich keiner schützen!«

Giovanni riß die Geduld. »Nicht mal du!« sagte er.

»Nicht einmal ich, das weiß ich selbst. Immerhin werden sie zwischen mir und dir einen Unterschied machen!«

»Ja, den machen sie!«

»Was weißt denn du?«

»Soll ich dir wirklich wiederholen?...«

»Nur zu!«

»... was mir gestern Valenti, da in dem Lehnstuhl, gesagt hat?«

»Nun?«

»Daß ich mehr wert bin als du!«

Der Satz wirkte wie ein Windstoß, der den blauen Himmel wieder zum Vorschein kommen läßt. Die kleine Zorneswolke, die erste, die seit der Hochzeit Ninettas Augen verdüstert hatte, verschwand im Nu.

»Verzeih mir, Liebster!« bat sie, arglos lächelnd.

»Verzeih du mir!« versetzte Giovanni leise.

Am darauffolgenden Abend kehrte er in der Gesellschaft wieder zu seiner alten Einsilbigkeit zurück.

»Sprich doch!« flüsterte ihm Ninetta zu. »Ich war ein Dummerchen gestern!«

»Hab keine Lust!«

Die begeisterte Zustimmung, mit der Ninettas Freunde jeden seiner Sätze aufnahmen, begann ihm lästig zu werden. – Was sage ich denn eigentlich so Besonderes? dachte er.

Er brauchte nur den Mund aufzutun, und alle ohne Ausnahme entdeckten und bewunderten in ihm den gesunden Menschenverstand, den positiven, den normalen Mann. Und die Damen, besonders Valentis junge Frau, umgaben ihn mit Zärtlichkeiten, näherten sich ihm mit dem ganzen Körper, um ihm etwas völlig Albernes ins Ohr zu flüstern. Immer saß ihm eine auf der Pelle, und er schielte zu Ninetta hinüber, ob sie nicht eifersüchtig würde. Aber die achtete entweder gar nicht auf ihn, oder sie lächelte ihm zu.

Sie fanden auch, daß er eine schwere Hand habe, daß er »siebzehntes Jahrhundert« sei, daß er »einen barocken Körperbau« besitze – aber »ein schönes, ein bezauberndes Barock«!

Die Valenti griff oft nach seiner Rechten, hob sie

mühsam in die Höhe und zeigte sie der Allgemeinheit: »Seht euch das einmal an! Alles herschauen!«

Er ließ sie gewähren, und während seine Finger sich mit der kühlen Hand der Dame vermischten, spähte er immer zu Ninetta hinüber, die ihm unweigerlich zulächelte.

Seine Hand wurde zum allgemeinen Gesprächsthema. Selbst in den Cafés rief man ihn vom Nebentisch heran, und die Damen Luisi, Marinelli, Valenti oder irgend eine andere faßte ihn nach einer flüchtigen Vorstellung am Arm, hob diesen mit hingebendem Lächeln in die Höhe und verkündete: »Das ist also die berühmte Hand!«

Die jungen Mädchen näherten ihre Gesichter: »Hm! Da ist Kraft drin! Die ist wie ein Stein, wie ein Hammer, wie eine eiserne Hantel!«

Geduldig lächelnd ließ Giovanni sie gewähren.

Wie weit wegen waren doch die Cafés von Catania, die Reden Scannapiecos, die heimlichen Zeichen mit dem Ellbogen, die alarmierenden Rippenstöße der Freunde!... Scannapieco wäre gestorben vor Seligkeit, wenn er seine Hand unter so viel Frauenhänden hätte tummeln können wie jetzt Giovanni!

Oft sprach man in seinem Salon von Büchern. Aber diese Schriftsteller, die Wände von Büchern gelesen hatten, so groß wie die Wände einer Kathedrale, diese Damen, die ihrem Buchhändler an jedem Monatsende einen hübschen Batzen Geld schickten – sie behaupteten, die Bücher zu hassen und das »gesunde Leben« zu lieben, die Reisen, die Unwissenheit, die Tätigkeit; und während sie so sprachen, musterten sie Giovanni mit einem zärtlichen Lächeln. Er fühlte, daß er allzuviel darstellte für diese Leute, Dinge, deren wahren Sinn er nicht begriff; und wenn ihre Blicke gar zu lange auf seinen Schultern verweilten, verließ er unter irgendeinem Vorwand den Salon und erholte sich draußen auf dem Flur von der Bürde stummer Bewunderung, die auf ihm gelastet hatte.

Manchmal erschien eines jener Gesichter, die am Abend beim indirekten Licht der großen Kessellampe aus Barbaras Napoleongläsern Cognac tranken, in der Zeitung.

»Der ist aber schlecht getroffen!« rief Ninetta aus.

»Mir scheint, daß er auf dem Bild eher gewinnt!«

»O Giovanni, aber wo ist denn die zärtlich-müde Miene und wo der träumerische Glanz der Augen?«

»Ja, wo sind sie geblieben, ach, wo?«

Es mußte erst Ninetta kommen, um zu entdecken, daß Alberto Marinelli eine zärtlich-müde Miene hatte und einen träumerischen Glanz in den Augen. Aber er war auf so »vergeistigte« Männer nicht eifersüchtig, die nur ihm, Giovanni, die Aufgabe vorzubehalten schienen, alles Grobe im Leben zu tun – unter anderem eine Frau als Frau zu begehren, und nicht als Freundin oder Ratgeberin.

Indessen (die Wahrheit über alles!) – seit einer gewissen Zeit wurde er gar nicht mehr von solchen Begierden heimgesucht! Sei es die kalte Morgendusche, das aktive Leben, das mäßige Essen, der Geruch nach Nebel, warmem Firnis und feuchten Sägespänen, der über Mailand lagerte – eines ist gewiß: Giovannis Blick war nicht ein einziges Mal auf die Fußknöchel seiner Besucherinnen gefallen, die ihn in früheren Zeiten in monatelange Erregungszustände versetzt hätten. Die Hände dieser Damen legten sich auf seine Knie, die Busen stützten sich auf seinen Rücken, und manchmal ein Kinn auf seine Schulter, ohne daß aus den Urgründen seines Wesens eine wilde, eine unbezähmbare Regung aufgesprungen wäre. Es wäre ihm als etwas gänzlich Unpassendes, als eine unentschuldbare Taktlosigkeit erschienen, eine jener Damen auf catanesisch zu begehren.

Eines Tages tauchte Freund Muscarà in Mailand auf, und Giovanni mußte ihn, zusammen mit vielen Literaten und deren Gattinnen, zum Mittagessen einladen. Nach dem ersten Glas Wein fühlte er den heißen Atem des Freundes auf dem Ohr und hörte die dumpf gestöhnte Frage: »Die dort?!!!«

»Was denn?« versetzte Giovanni heftig.

Muscarà schielte nach der Valenti hinüber: »Da drüben, die... Meinst du, die läßt sich?...«

Giovanni warf ihm einen so schrecklichen Blick zu, daß Muscarà den seinen auf den Teller senkte. Aber als sie dann in den Salon hinübergegangen waren und sich unter vier Augen befanden, knüpfte Muscarà bei dem vorigen Gespräch an: »Mir scheint, du bist hier völlig verblödet! Die hat's faustdick hinter den Ohren sitzen, das sieht doch ein Blinder! Und du hast genauso deine Schrippe 'reingetunkt wie jeder andere auch!«

»Hör auf damit, sag ich dir!«

»Wie du meinst!«

Noch am gleichen Abend reiste Muscarà wieder ab. Er ließ Argwohn, Zweifel und Verlegenheit in Giovannis Herz zurück, den Eindruck von etwas Klebrigem, Schwärzlichem und Übelriechendem. Giovanni blieb nicht mehr ruhig wie früher, wenn die Valenti ihre Hand auf sein Knie legte; vielmehr bemerkte er erst jetzt, daß sie ihn dabei, scheinbar absichtslos, ganz leise mit dem kleinen Finger kitzelte.

Und immer weiter schritt er auf dem Wege des Verdachts und der Verwirrung; er begann mit plötzlichem Erröten, mit verlegenem Hüsteln und Stottern auf die kleinen Zudringlichkeiten zu antworten, die immer mehr wie Liebkosungen wirkten. Bis er eines Abends in der dunklen Ecke eines Cafés der Valenti in den Armen lag. Na, das wird ja heiter! dachte er während des Kusses, der kein Ende nehmen wollte, wie der hohe Ton einer beifallsgierigen Sopranistin. Wo bin ich da nur hineingeschlittert!

Und hinterher mußte er feststellen, daß er nichts empfand als Angst und Widerwillen.

13

Nein, in dieser Hinsicht war die Entwicklung der Dinge nicht zufriedenstellend.

Tischtücher im gelben Lampenlicht, Hotelzimmer mit irdenen Waschbecken, das Innere von Automobilen auf abseitigen Landstraßen, einsame Alleen – niemals werden diese Bilder zu Giovannis erfreulichen Erinnerungen gehören. Zweimal traf, von verschiedenen Damen, doch immer im gleichen Ton äußerster Verachtung und Enttäuschung gesprochen, der Satz Giovannis Ohr: »Aber was sind Sie denn für ein Sizilianer?« Ein drittes Mal war es ein junges Mädchen, das den selben Satz in leichter Abwandlung wiederholte: »Ah, so seid ihr also, ihr Sizilianer?«

In Wirklicheit waren die Sizilianer nicht so, noch war er immer so gewesen. Aber seit dem Tage, da er sich zum »tätigen Leben« bekehrt hatte, wie man diese halsbrecherische und atemlose Hetze nannte, seit die tägliche Dusche ihn bis in die innersten Fibern abgekühlt hatte und die Augen hervorgetreten waren – seitdem fühlte Giovanni sich von Grund auf verändert. In welchem Sinn? »Im guten!« hatte Ninetta entschieden. In gewisser Hinsicht war ihm wirklich wohler: aber er war ständig drauf und dran, sich hundserbärmlich zu fühlen.

In seinem bewegten und durch keinen Schlaf mehr

unterbrochenen Tageslauf verausgabte er seine Kräfte bis zum letzten Heller. Er tat genau das, was er sich zu tun vorgenommen hatte, er erfüllte gewissenhaft sein Tagessoll, und weder er noch Ninetta bemerkten, daß er sich zuviel zumutete. Doch wenn er zu dieser täglichen Ausgabe eine andere, neue hinzufügen sollte, dann war es, als zerrissen seine Nerven, er begann zu delirieren, die alten Erinnerungen aus Catania verfolgten ihn, und hundertmal rief er im Schlaf: »Barbara! Muscarà! Scannapieco!«

So fing er an, ängstlich all dem aus dem Weg zu gehen, was einen weiteren Kräfteaufwand erfordert hätte. Er begann selbst die allzu langen Konzerte zu fürchten, die ihn mehr als nötig erregten; vor allem aber fürchtete er die Frauen. Er mied sie, er floh vor ihnen, er wünschte immer Ninetta an seiner Seite zu haben, sobald sich eine näherte. Und er begann sie zuletzt zu hassen.

»Wenn doch diese Männer«, knurrte er, »manchmal von ihren Büchern aufschauen wollten!«

Besonders bedauerte er es, daß dem guten Valenti eine solche Ehehälfte zugestoßen war.

Der hätte meine Cousine Annetta heiraten sollen, dachte Giovanni. Ein gebildetes, gescheites und tüchtiges Mädchen! Das wäre die richtige für ihn gewesen!

Er sagte das auf sizilianisch; denn seit er in der Lombardei lebte, geschah es ihm alle Augenblicke, daß er catanesische Redensarten unter sein Italienisch mengte. Dabei hatte er in Catania, die wenigen Male, da er mit seinen Schwestern schimpfte, sich stets einer geschliffenen Sprache befleißigt! So sehr, daß Barbara dann immer murmelte: »Was meint er denn? Er spricht, und er allein weiß, was er sagt!«

Frau Valenti kannte keine Zurückhaltung, wenn sie in der Verandaecke hinter zugezogenen Vorhängen mit ihm allein war. Aber dieses *a parte*, das haargenau gewissen Phantasievorstellungen entsprach, die seinen sommerlichen Nachmittagsschlaf in Sizilien beunruhigt hatten, verursachte ihm jetzt Zähneklappern, eine unangenehme Empfindung von Kälte und Seekrankheit und ließ ihn strenge Urteile über die entfesselte Dame fällen. – Eine verheiratete Frau und Mutter! ... In ihrem Alter! ... Nein, einem Freund tu ich das nicht an!

Das Seltsame war nur, daß dieser Freund, wie alle andern, deren Frauen Giovanni kühl behandelt hatte, ihm am nächsten Tag selber mit Kälte begegnete!

Was hab ich ihm denn getan? dachte er. Beklagt er sich etwa, weil ich seine Ehre nicht angetastet habe? Aber wollen denn diese Kerls die Hörner von der Straße auflesen, um ihre Stirn damit zu schmücken?

Die Ehrbarkeit seines Verhaltens trug ihm von keiner Seite Sympathie ein, sein guter Ruf verfiel zusehends. Entweder hatten die Frauen ihren Männern klargemacht, daß mit ihm nicht viel los sei, oder die Männer waren auf irgendeine ganz besondere Weise eifersüchtig (was nicht sehr wahrscheinlich war). Seit einigen Abenden nahm kein einziger der Gäste mehr von ihm Notiz, und Valenti oder Luisi oder Marinelli drückten ihm mit einem eisigen »Verzeihen Sie!«, den Blick abgewendet, ihr leeres Cognacglas in die Hand (das Hochzeitsgeschenk der armen Barbara), damit er es irgendwo abstellte.

Planlos irrte er auf den Teppichen umher und flüchtete sich endlich in die Verandaecke, wo der Lärm des Gesprächs durch die Vorhänge gedämpft wurde und sich mit dem des Regens vermischte, der auf das Glasdach trommelte.

Unbewußt half ihm Ninetta in dieser demütigenden Lage, indem sie von ihm und den Männern des Südens zu sprechen begann. Sie sagte: »Mein Giovanni...«, und aller Augen richteten sich auf ihn mit einem seltsamen Lächeln, so wie man auf einen Hund schaut, der unbemerkt zwischen den Möbeln geschlafen hatte und sich nun plötzlich auf alle viere stellt. Ninetta hielt eine lange, ein wenig verworrene Rede, als wären ihr die drei Gläser Cognac zu Kopf gestiegen. Sie entdeckte der Allgemeinheit mit lauter Stimme, was sie ihm selbst im geheimnisvollen Geflüster vertraulicher Stunden niemals verraten hatte: sie sei in ihn verliebt! Man müsse ihn nur kennen, fügte sie hinzu, er sei ein einzigartiger Mann, launisch wie kein zweiter, schwer zu verstehen, und es liege ganz bei der Frau, alles oder nichts aus ihm zu machen...

Immer mehr verdüsterten sich im Lauf dieser Rede die Stirnen der Damen, immer wieder richteten sich ihre Augen auf Giovanni, streiften an ihm auf und nieder, als wollten sie ihm die Haut vom Leibe reißen. Was?... Wie war das?... Ja, wenn es sich so verhielt!...

»Warum haben Sie sich mir nicht anvertraut?« fragte die Valenti vorwurfsvoll. »Oh, ich weiß auch eine Schwester zu sein!«

Von diesem Augenblick an umgaben ihn alle mit

einer dringenden, zärtlich fragenden Freundschaft. Sie wünschten ihn besser kennenzulernen, da sie seine Schwestern sein wollten. Aber er wußte nicht, was er zur Antwort geben sollte, und jedesmal, wenn sie das Wort ›Schwestern‹ in den Mund nahmen, dachte er an sein Elternhaus in Catania, an Barbara, Lucia und Rosa, und an den Petroleumgeruch ihrer alten Haare.

Er hatte jedoch nichts gegen diese allgemeine Wendung zur Zärtlichkeit, denn sie kam von Ninetta und führte zu ihr hin. Er begriff nicht recht, was um ihn her geschah, aber immer, wenn die Damen, nachdem sie mit ihr gesprochen oder auch nur einen Blick mit ihr getauscht hatten, sich ihm eifrig und aufmerksam näherten, schien es ihm, als befestige sich die Bindung an seine Frau. Einmal mehr hatte Ninetta die schmutzig-trübe Woge, die sein Leben bedrohte, verscheucht. Er vergaß die Hotelzimmer, die Tischdecken im gelben Lampenlicht, die abgeblendeten Autos auf einsamen Landstraßen, und zuletzt dachte er beinahe wie einst, daß Ninettas Freundinnen anständige Frauen seien.

Langsam fand er seine glückliche Laune wieder, als ihn eines Nachmittags auf eiligem Heimweg am Eingang zur Galerie die Spitze eines Spazierstocks anhielt. »Einen Augenblick!« sagte eine Stimme.

Es war Muscaràs Vater, der, die Wange auf eine Hand gestützt, vor einem Café saß. »Setz dich!« sagte er. »Wohin des Wegs?«

»Nach Hause. Wie geht's?«

»Gut!«

Der Alte legte den Stock auf den Tisch und stützte das Kinn auf beide Hände. Schweigend schaute er in das leere Glas, das er vor sich hatte, bis er endlich einen tiefen Seufzer hören ließ.

»Was haben Sie?« fragte Giovanni.

»Pechschwarze Stimmung!«

»Warum?«

»Ach, wissen Sie: ich bin kein Mensch mehr, wenn ich von zu Hause fort bin! Ich schlafe nicht, ich hab keinen Appetit, und die Verdauung, mit Verlaub, klappt auch nicht!«

»Gefällt es Ihnen nicht in Mailand?«

»Gefallen tät mir's schon, aber ich hab eine Tochter!«

»Was wollen Sie damit sagen?«

»Was ich damit sagen will? Jedesmal wenn ich eins dieser Weiber mit ihrer angemalten Schnauze und ihrem frechen, zudringlichen Blick sehe, sag ich zu mir selbst: Wenn meine Tochter eines Tages so würde!... Und mir zittern die Schenkel!«

»Na, na, auch hier gibt es ein paar anständige Frauen!« wandte Giovanni ärgerlich ein.

»Glaub mir: es gibt keine!«

»Nicht einmal eine?«

»Nicht einmal eine!«

»Oh, eine wird es wohl doch geben!« knurrte Giovanni wütend und immer heftiger an Ninetta denkend.

»Es gibt keine, mein Sohn, keine einzige! Weißt du, ich bin ein alter Fuchs und richte mich nach meinem Riecher... Und nach ordentlichen, nach anständigen Frauen, nach Frauen, die wissen, was sich gehört – nach solchen riecht es hier nirgends!«

Giovanni verdüsterte sich vollends, brach das Gespräch ab und sagte dem Alten Lebewohl. »Wie sicher sie sich fühlen, wenn sie ihre Mitmenschen mit Schmutz bewerfen können«, brummte er vor sich hin, während er eilig seiner Wohnung zustrebte.

Zu Hause fand er einen neuen Gast: Seine Exzellenz Herrn Fabio Rosari, einen weltbekannten Wissenschaftler, dessen Besuch Ninetta seit geraumer Zeit erwartete.

Er begriff, daß er diese Figur nur würde hassen können, und begann nervös zu gähnen. Im übrigen erwies sich der Gast in jeder Hinsicht als ein abscheulicher Geselle: er blieb sitzen, während er Giovanni begrüßte, und war also unhöflich; außerdem war er nicht schön, sondern häßlich wie die Nacht, gebeugt, als habe er Tag für Tag in seiner Bibliothek Prügel bekommen, künstlich zurechtgeflickt und in alle möglichen Jacken, Westen und Pullover gehüllt, in denen er unaufhörlich mit der Hand herumfingerte, um, stets vergeblich, irgendeine Tasche zu suchen.

Giovanni glaubte, er müsse platzen vor Wut, als Ninetta, nachdem der Gast gegangen war, behauptete: »Nun, du magst sagen, was du willst: er hat trotz allem eine ganz eigene Schönheit!«

»Aber wo hat er sie denn, diese Schönheit?«

»In den Augen, zum Beispiel!«

»In den Augen? Du lieber Himmel, was hat er denn von seinen Augen, wenn er auf einen halben Meter kein Scheunentor sieht und überall herumschnüffeln muß wie das liebe Vieh, um zu kapieren, was er vor sich hat?«

Nun, Giovanni traf das Unglück, daß er auf einen solchen Mann eifersüchtig sein, daß er die Blicke überwachen mußte, die Ninetta aus ihren unsagbar schönen Augen auf diese Wachsfigur richtete.

Zwei Überlegungen bestärkten ihn in seinem Argwohn. Auf die erste brachten ihn seine Erinnerungen: hatte sich nicht auch die Marquise Marconella, Ninettas Mutter, in ein gräßliches Mannsbild verliebt, und warf sie ihm nicht nach dreißig Jahren Ehe noch zärtliche Blicke zu? Auf die zweite dagegen brachten ihn seine Freunde aus Catania.

Scannapieco, Monosola und der Herzog Cared waren auf der Durchreise in Mailand. Sie liefen mit erbitterten Gesichtern umher, weil sie beständig fürchteten, man würde sich über sie lustig machen. »Oh, mich führt keiner hinters Licht!«, das war das Wort, das sie auf Schritt und Tritt im Munde führten. Allenthalben überraschten sie ironische Gebärden, Betrügereien, heimtückisches Augenblinzeln, schlechte und unwürdige Behandlung.

Ihr besonderer Haß galt den Kellnern: diese taten so, als hörten sie sie nicht, brachten ihnen widerwillig die bestellten Getränke, servierten ihnen absichtlich schlechte Ware oder änderten eigenmächtig die Preise – alles aus reiner Lust, sie »hinters Licht zu führen«?

Doch lassen wir das auf sich beruhen! Scannapieco und Monosola also trugen Giovanni eines Nachmittags, da sie in Form waren, mehr als hundert Axiome über die Frau vor. Eines traf ihn schmerzlich: »Die schöne Frau sucht den häßlichen Mann, um ihm ein wenig von ihrer Schönheit zu schenken!« War das nicht genauso, als hätte Monosola zu ihm gesagt:

Ninetta betrügt dich mit Seiner Exzellenz Rosari? Giovanni schnellte vom Tisch empor und stürzte nach Hause.

Ninetta war nicht da, wohl aber, in einen Sessel des Salons gekauert, Rosari. Wohl oder übel mußte er ihn begrüßen: er, Giovanni, stand – und der andere blieb sitzen!

Giovanni verbrachte eine schreckliche Stunde mit diesem Menschen, der mit keiner Silbe das Schweigen brach und nur mit den Füßen nervös auf dem Teppich scharrte, als wolle er im dunklen Salon ein düsteres Gewebe spinnen.

Endlich kam Ninetta: »Oh, Exzellenz, haben Sie lange auf mich warten müssen?«

»In Gesellschaft Ihres braven Mannes habe ich mich gewiß nicht gelangweilt!«

Wie gerne hätte ihm Giovanni dieses »brav«, wie alle anderen Wörter, die Seine Exzellenz auszusprechen geruhte, mit einem Faustschlag auf die falschen Zähne vergolten. Aber er bezähmte sich und saß nur da und verschlang mit seinen Blicken die abstoßenden Einzelheiten des verhaßten Gesichts. Jedoch – nicht einmal das vermochte ihn zu trösten, denn je mehr sich in seinen Augen die Häßlichkeit dieses Mannes steigerte, deste mehr wuchs der Verdacht, daß Ninetta ihn liebte.

Glücklicherweise starb Exzellenz Rosari an einem Sonntag im März. Er aß im Hause eines Ministers, und niemandem gelang es, ihn seinem Schweigen zu entreißen. Endlich, als das Obst aufgetragen wurde, flüsterte er etwas fast Unhörbares. »Was sagt er?« fragten alle besorgt. Die Dame zu seiner Rechten näherte ihr Ohr und konnte deutlich die Worte: »Ich sterbe!« hören. Schreiend sprang sie auf, aber schon war Rosaris Kopf (dessen Haare übrigens keineswegs künstlich waren, wie Giovanni geglaubt hatte) auf den Teller gesunken.

Ein schwerer Verlust fürs Vaterland, ja für die Menschheit! Valenti, der sich immer abfällig über Gabriele d'Annunzio geäußert hatte, wiederholte mehrere Male einen Satz des Dichters: »Es scheint, als habe die Welt an Wert verloren!«

Giovanni mußte feststellen, daß sein Argwohn auf seine Frau ungerecht gewesen war, denn Ninetta blieb ganz ruhig: »Es bleiben uns seine Werke!« sagte sie. »Als Mensch, als Mann war Rosari ja kaum vorhanden!«

In dieser Nacht wütete Giovanni gegen sich selbst wie damals, als er in Cíbali wohnte, und zärtlich Ninettas Namen rufend, befeuchtete er das Kissen mit seinen Tränen.

Doch leider – wenn auch die Eifersucht auf Rosari verschwunden war, so kam die Eifersucht ganz allgemein, einmal erwacht, nicht mehr zur Ruhe.

Er gab sich tausendmal unrecht, er pries bei sich selbst die Ehrbarkeit, die Treuherzigkeit, die Herzensgüte seiner Frau und gab sich die schlimmsten Namen. Trotz allem litt er, wenn irgend etwas Männliches an Ninetta streifte: Luisis Lippen auf ihrer Hand, die Schmettertöne des Tenors Lugli in ihrem Ohr, ein geistreiches Wort Valentis, das ein plötzliches Aufleuchten ihrer Augen hervorrief. Er wählte ohne Grund (und im klaren Bewußtsein, ohne Grund gewählt zu haben) einen unter seinen Besuchern aus und überschüttete diesen mit dem irren Gemisch verschiedener Gefühle, die letztlich alle in dem Wunsche zusammentrafen, dieser Mensch möchte nicht vorhanden sein.

Ganz besonders eifersüchtig wurde er auf die häßlichen Männer, und wenn er auf Valentis Gesicht mehr als fünf Mängel entdecken konnte, dann war er gewiß, daß Ninetta sich unwiderstehlich zu ihm hingezogen fühlte. Beweise konnte er keine finden; aber wenn sich am Abend der Rauch von Valentis Zigarette in Ninettas Näslein verlor, dann setzte er sich auf seine Hände, um deren krampfhaftes Zucken zu verbergen. Ninetta ahnte und erfuhr nie etwas von dem, was in ihrem Mann vorging; und dieser betete zu allen Heiligen, sie möchten ihn aus einer so trostlosen Krankheit erretten. Da nahm sich in den ersten Maitagen die Muttergottes persönlich seiner an. Eines Morgens erschien Ninetta in der Tür seines Schlafzimmers, und auf ihrem schamhaft geneigten Gesicht spiegelten sich Freude und Übelsein, und sie verkündete ihm, ihr sei übel, schrecklich übel, aber sie sei glücklich, daß ihr so übel und auf solche Weise übel sei...

Mit einem heiseren Schrei sprang Giovanni aus dem Bett.

14

Das Glück erlöste ihn von der Eifersucht, aber seiner Gesundheit kam es nicht sehr zugute. Noch aktiver, rascher, zielbewußter wurde sein Leben und noch häufiger die kalten Duschen. Nach außen wirkte er stark wie nie zuvor, aber die Furcht vor einem plötzlichen Kräfteschwund verließ ihn auch nicht einen Augenblick während seines Tageslaufs, und manchmal wurde sie geradezu zur Zwangsvorstellung.

»Niemals im Leben habe ich meinen Körper geübt«, sagte er eines Tages, auf seine Vergangenheit zurückblickend, zu Ninetta. »Meine Jugend habe ich verbracht wie ein Faultier!... Ah, hätte ich mit fünfzehn Jahren ein bißchen Sport getrieben, ich wäre heute ein anderer!«

»Du kannst es ja nachholen!« meinte die Gattin zerstreut.

»Dazu ist es jetzt zu spät!«

»Für so etwas ist es nie zu spät!«

Vielleicht hat sie recht! dachte Giovanni; und vom folgenden Tag an führte er jeden Morgen ein paar Übungen mit den Hanteln und am Barren aus, und andere im Schlafzimmer, die aus heftigem Öffnen und Schließen des Mundes und Laufen auf den Zehenspitzen bestanden. Infolgedessen begannen seine Kinnladen mächtig hervorzutreten und die Brustmuskeln seine Jacke zu spannen. Aber er begann an Sehstörungen zu leiden, und in seinem Athletengesicht irrten die Augen verschleiert und wie hilfesuchend umher.

Sicher ging es auf eine boshafte Anstiftung von Frau Luisi zurück, daß deren Mann ihm eines Abends ein boshaftes Geschenk machte. »Ich habe Ihnen da ein hochinteressantes Buch mitgebracht«, sagte er und reichte Giovanni einen sorgfältig eingewickelten Band. »Sagen Sie aber Ihrer Frau nichts davon!« fügte er leise hinzu.

Giovanni grub mit dem Fingernagel ein Loch in die Umhüllung und las, errötend wie ein Schuljunge: »Coitus interruptus. Gesundheitsschädigende Wirkungen mit besonderer Berücksichtigung der Sehkraft.«

Doch gerade an diesem Abend gab der Zufall auf die Bosheit des Ehepaars Luisi die passende Antwort. Ninetta wurde, in ihrem Lehnstuhl sitzend, plötzlich weiß wie eine Lilie im Mondenschein und ließ den Kopf nach hinten sinken.

»Jesus, Maria und Joseph, was ist Ihnen?« rief Frau Luisi und eilte, jenen Kopf zu stützen, dessen unbeschreibliche, durch das Übelsein verdoppelte Schönheit Giovanni versteinerte, so daß er unbeweglich dasaß und für eine Hilfeleistung nicht in Frage kam.

Ninetta schlug die Augen auf und flüsterte der Freundin zwei Wörtchen ins Ohr. »Oh!« rief diese und lächelte Giovanni zu; dann sah sie die andern mit einem vielsagenden Blick an, und auch die andern verstanden und schauten auf Giovanni. Aus allen Richtungen erschollen Bravorufe zu ihm hin, und die Schmeicheleien, besonders seitens der Damen, waren so zahlreich und feurig, daß sie ihm einen völlig albernen Satz entrissen, der ihn hinterher die ganze Nacht nicht schlafen ließ: »Aber was kann ich dazu? Sie hat es doch...«

Als er tags darauf allein in der gewohnten Verandaecke hinter den geschlossenen Vorhängen stand, trat Frau Valenti zu ihm hin: »Nun, jetzt werden Sie Ihr Frauchen ja hoffentlich in Ruhe lassen!« meinte sie nach vielem Zögern und verlegenem Drumherumreden. »Wir sind doch schließlich Menschen, vernunftbegabte Geschöpfe!...«

Was wollte sie damit sagen? Giovanni schaute der Dame ins Gesicht und gewahrte in ihren Augen ein Gemisch von Demut und Ungestüm, das ihm zu verstehen zu geben schien: Was deine Sinne betrifft (auch dieser schmerzliche und unedle Teil gehört halt zum Leben) – nun ja, das will ich schon auf mich nehmen!

Übrigens war sie es nicht allein, sondern alle seine Freundinnen begannen ihm diskret zu bedeuten, daß die arme Ninetta... Nein! Korrektheit über alles! Kurz, es würde ja so weit kommen können, daß die Freundschaft zu einer von ihnen enger und vertraulicher werden mußte!

So begannen die vom gelben Lampenlicht erhellten Tischtücher wieder durch Giovannis Träume zu geistern, die Hotelzimmer mit den irdenen Waschbecken, die abgeblendeten Autos auf abseitigen Landstraßen, die einsamen Alleen! »Nein, nein und abermals nein!« schrie er all diesen Bildern zu, von denen auch nicht ein einziges vom Glück erzählte.

Zu all dem waren die mitleidigen Damen ungeschickt genug, ihre hinterhältigen Reden mit Lobsprüchen auf Ninetta einzuleiten: »Einfach entzückend ist Ihr Frauchen in diesen Umständen!... Nein, wie sie durch die Schwangerschaft gewinnt!« Giovanni bebte vor Freude, und hingerissen vom Bild seiner Frau achtete er gar nicht mehr auf den Rest der Reden mit all ihren Ratschlägen, Aufforderungen, Koseworten.

In der Tat, Ninetta war schöner geworden denn je und Giovannis Erstaunen vor ihr immer tiefer. Er saß auf der Armstütze eines Sessels, sah sie wie ein himmlisches Wesen durch den Salon schweben und fragte sich, wie sie nur seine Frau hatte werden können.

Oft, wenn sie allein waren, war er so verwirrt, sich Aug in Auge mit einer so schönen Frau hinter verschlossener Tür zu finden, daß er erst eine ganze Weile ihre Stimme und ihr Lachen hören mußte, ehe er zur alten Vertraulichkeit zurückfinden konnte. Nicht viel hätte gefehlt, und er hätte sie vor lauter Bewunderung weniger geliebt! Aber daran hinderte ihn ein immer gegenwärtiger Gedanke, mit dem er sich Mut machte wie ein Kind mit seinem Singsang in dunkler Nacht: der Gedanke, daß in den göttlich reinen Formen dieser vollendeten Schönheit die leichte Wölbung, die das Kleid bauschte, undeutlich noch wie der erste Tagesschimmer, das Bild seines Sohnes bewahrte.

Aber Gott im Himmel! – die Schönheit selbst im eigenen Haus zu beherbergen ist nicht so einfach!... Vollkommene Hände, die die Dinge zurechtrücken, vollkommene Füßchen, die in den Teppichen versinken, vollkommene Augen, die ihren Blick auf dir ruhen lassen, eine bezaubernde Stimme, die deinen Namen ruft: weder Liebe noch Gewohnheit können aus so vielen und schrecklichen Dingen, vor deren jedem im Lauf der Geschichte die Männer erbleicht sind, eine »Hausfrau«, ein »Glied der Familie« machen...

Das war nun einmal Giovannis Auffassung, und es war nicht möglich, ihn davon abzubringen.

Ein junges Mädchen namens Eleonora Lascasas begann bei ihnen zu verkehren. Ein hübsches Geschöpf! Ninetta, die sich in Eleonoras Gesicht wie in einem Spiegel betrachtete, rief bei ihrer ersten Bekanntschaft: »Aber so war ich ja mit achtzehn!« Diese Worte genügten, daß Giovanni in seinen Selbstgesprächen und seiner Frau gegenüber zu brummen begann: »Aber nein, Eleonora, das ist doch etwa anderes!«

Zu dem Vorzug, Ninetta zu gleichen, fügte das Mädchen den, daß es abweisend, erregbar, unruhig und wie eine Hindin auf immerwährender Flucht war, sobald Männer in ihrer Nähe auftauchten. Weder deren Reden noch deren Lächeln ertrug sie, und die längere Berührung einer männlichen Hand mit der eigenen brachte sie in Wut: fauchend riß sie dann ihre Finger aus der Umklammerung und flüchtete zum einsamen Verandafenster.

Giovanni beobachtete sie mit dem dumpfen Blick eines Stiers, der die Bewegung einer Mohnblume auf grünem Feld verfolgt. Die immer dringenderen Aufforderungen der befreundeten Damen, sich doch endlich »zu entscheiden«, Ninettas erste Unpäßlichkeiten, die rasende Liebe zu ihr, eine Unruhe der Sinne, die auf Rechnung seiner Nervenschwäche ging, und der Umstand, daß Eleonora dem spröden und ungreifbaren Bilde entsprach, das man in Catania vom Weibe hatte, trieben ihn langsam diesem Mädchen in die Arme, mit dessen Hilfe er sich, auf einem weniger unmittelbaren, geheimnisvolleren Weg, eines unerschlossenen Abschnitts aus Ninettas Leben zu bemächtigen meinte. Eleonora schien ihn noch inniger mit seiner Frau zu verbinden, und andererseits erweckte sie dank ihres wütenden Widerwillens vor allem Männlichen nicht die Furcht in ihm, die die andern hervorriefen, und die aufs Haar der Panikstimmung glich, welche einen armen Teufel beim Betreten eines Spielsaals befällt.

Ihre Freundschaft war am Anfang eine Verschwörung gegen die Männer, die man gemeinsam als abscheulich, lästig, zudringlich, unausstehlich verurteilte. Dann gegen die Frauen, die sich ihrerseits als dumm, gierig, zudringlich, unausstehlich erwiesen. Es war, als sei ihre Liebe in der verdünnten Luft eines dritten Geschlechts beheimatet; als jedoch Giovanni eines Abends Eleonora den ersten Kuß gab, spielte sich dieser Vorfall kein bißchen anders ab wie bei ganz gewöhnlichen Sterblichen.

Zwei Wochen einsamer Spaziergänge und flüchtiger Küsse machten Giovanni glücklich; Ninetta gegenüber empfand er keinerlei Gewissensbisse, wenn er nach Hause kam, sondern schien ihr mit einem sprechenden Blick zu sagen: Du, ich weiß, wie du mit neunzehn warst!

Die Vertraulichkeit mit seiner Frau wuchs ungemein. In dieser Zeit wagte er es, wenn er in seinem Stoffgeschäft hinter dem Schreibtisch sitzend, an Sodbrennen litt, mit Bleistift auf einen Zettel zu schreiben: »Liebe Ninetta, gib bitte dem Überbringer vier Natrontabletten mit!«

Unglücklicherweise vergaß Eleonora, nachdem die ersten Tage vorüber waren, auf einmal all ihre Sprödigkeiten und begann zudringlicher und feuriger zu werden als die andern. Ihre Wut auf die Männer verlegte sie ganz in ihre Liebe zu Giovanni, den sie mit Schreien, mit Füßestampfen und hysterischen Weinkrämpfen betäubte, von welchen einige sogar auf telefonischem Weg bis in sein behütetes Heim gelangten. Die fürchterlichsten Beleidigungen, die jemals ein Straßenjunge seinem Kumpan zugerufen hat, explodierten auf diesem noch kindlichen Mund. Einige konnte Giovanni nicht verstehen, weil sie in Mailänder Dialekt waren, andere ließen ihn bis zu den Haarwurzeln erröten. Dann vergrub er das Gesicht in seine Hände: »Mamma mia, was hab ich mir da auf den Hals geladen!«

Es gab keinen anderen Ausweg, als den, kalt, gleichgültig, ironisch zu werden. Und er beschritt ihn, so gut es gehen mochte, obwohl dieser ewige Zwang zu einem halben Lächeln ihm auf die Dauer bitterer schmeckte als ein Aloeblatt. Doch der Wille Gottes geschehe! Er ordnete seinen Tageslauf so, daß außer der kalten Dusche, der Morgengymnastik, dem schlaflosen Nachmittag und der Arbeit auch Eleonoras Schreie, ihre wütenden Beschimpfungen und ihre nicht minder wütenden Küsse Platz darin fanden. Seine Augen glänzten immer unruhiger; aber die Samtkrawatten, welche Eleonora ausgewählt hatte und jeden Abend aufband und wieder knüpfte, ließen Ninetta vor Begeisterung in die Hände klatschen.

»Du bist ein anderer Mensch geworden!« rief sie. »Du bist ganz und gar verändert!«

Giovannis magere, muskulöse und müde Brust schwoll im Gefühl des Stolzes.

Eines Abends bat ihn Ninetta, ihr eine Bitte nicht abzuschlagen.

»Sprich nur, Liebste!« sagte er.

»Machen wir eine ganz, ganz kurze Reise nach Sizilien, und kehren wir gleich wieder zurück?«

»Ich will mir die Sache durch den Kopf gehen lassen«, meinte Giovanni nachdenklich.

Und den ganzen folgenden Tag ließ er sich die Sache durch den Kopf gehen.

Der Mai war gekommen, aber noch immer war die Sonne in Mailand ohne Kraft; noch immer gab es auf der Straße den einen oder andern, der sich in die Hände blies, und noch immer glänzten die leichten Überzieher im Nebel. Er dachte daran, daß jetzt in Catania die Katze auf dem Balkon schlief und nicht einmal aufwachte, wenn ihr Barbara beim Blumengießen ein paar Tropfen auf den Schwanz fallen ließ; und auf dem leeren Gemüsekarren schlummert, den Kopf an das Randbrett gelehnt, ein zerlumpter Junge, und auch sein Gefährte, der ihn zieht, döst, während er zwischen den Passanten dahintrottet, deren dunkle Anzüge in rosa Licht getaucht sind.

»Ja, reisen wir!« sagte er schließlich am Abend zu Ninetta.

»Oh, ich danke dir, Liebster! Du wirst sehen: sie

kennen dich nicht wieder! Du bist ein anderer Mensch geworden!«

Zwei Tage später konnte Ninetta ihr Vorhaben verwirklichen, diesen ›anderen Menschen‹ nach Sizilien zurückzubringen. Das Paar hatte den Zug bestiegen.

Sie lachten, sie faßten sich bei den Händen, sie zeigten mit dem Finger auf den ersten Sonnenstrahl, der über Mailand erschien, der jetzt auf den Geleisen flammte. Dann setzte sich der Zug in Bewegung, und das Ehepaar sank, einander gegenüber, auf die Polster. Ein langes, behagliches Gespräch stand ihnen bevor. Sie begannen damit, auf Sizilien zu schimpfen. Was waren das nur für Menschen! Araber, triste Gesellen, Lästerzungen, Faulenzer!... Giovanni enthüllte seiner Frau ein paar catanesische Männergeheimnisse. »Wenn du aufpaßt, wirst du bemerken, daß keiner meiner Freunde es wagt, dir ins Gesicht zu schauen. Sie haben Angst, die Selbstbeherrschung zu verlieren, denn alle sind davon überzeugt, sie hätten heißes Blut!«

»Nicht möglich!« rief, Tränen lachend, Ninetta.

»Selbst die Alten behaupten, das Weib mache ihnen zu schaffen, Tattergreise, die nicht mehr die Kraft haben, ihre Füße vom Boden aufzuheben!«

»Ach du lieber Himmel!« stöhnte Ninetta, die sich noch nie in ihrem Leben so köstlich amüsiert hatte. »O Gott, o Gott!«

Inzwischen war der Sonnenstrahl schon wieder verschwunden, Nebel bedeckte die Felder, die Kälte wurde fühlbar. Eine plötzliche Nachdenklichkeit befiel Giovanni: er fühlte einen bitteren Geschmack im Mund und eine Müdigkeit in den Schultern, als habe er selber die Koffer getragen. Ein Blick in den kleinen Spiegel über dem Polster: »Ach, bin ich mager geworden!«

»So siehst du viel besser aus!« versicherte Ninetta.

»Ja, gewiß!« erwiderte er im Brustton der Überzeugung und setzte sich wieder hin, die Wange an den Vorhang gelehnt.

»Willst du dich ein wenig zudecken?« fragte Ninetta. »Rate mal, was ich in dem Koffer gefunden habe, den deine Schwester uns geschenkt hat!«

»Na?«

»Ein Umschlagtuch! Schau her!«

Ninetta zog aus dem Lederkoffer (Rosas Hochzeitsgeschenk) ein breites Wolltuch.

»Stell dir vor, daß meine Großmutter keinen Schritt aus dem Haus ohne ihr Umschlagtuch tat!« sagte Giovanni, während er seine Beine und Hüften einwickelte. Und immer schwächer wurde sein Lachen, und seine Schlaftrunkenheit wuchs und wuchs.

Die Luft wärmte sich rasch in dieser Hülle, aber Giovanni begann von den langen Winterabenden in Catania zu träumen, wenn der Wind durch die Läden dringt und dich an den unwahrscheinlichsten Stellen spitzbübisch mit seinen eisigen Fingern berührt; du stülpst den Kragen auf oder wickelst das Wolltuch um, oder du drückst die Mütze über die Ohren, je nachdem, ob sich die Kälte am Hals, an den Schultern oder den Hüften bemerkbar macht; und kräftig die Hände gegeneinander reibend stellst du fest: »Uhuuu, so kalt wie dieses Jahr war es noch nie...« Am Weihnachtsabend versammeln sich die Gäste, dick eingemummelt, im Eßzimmer. »Behalten Sie ruhig den Hut auf und den

Mantel an!« empfängt die Hausfrau an der Tür die Ankömmlinge. Der Hausherr hat eigenhändig die Krippe bemalt, und seine alte Schwester hat sie mit allen möglichen Gegenständen ihres Glaubens und ihrer Erinnerungen vollgestopft. Orangen und Mandarinen versperren die Sträßlein nach Bethlehem, eine römische Festung droht unter der Last einer Traube zusammenzubrechen. Und welche Menge von Jesuskindern! Alle von den Krippen der vergangenen Jahre sind wieder da, aus Wachs, aus gefärbtem Stein, aus Zucker! Im Stall liegt eines, das ist besonders süß und niedlich; aber davor ein anderes, riesig großes, mit einem Glorienschein aus Stanniolpapier, und Ochs und Esel zu seinen Füßen wirken klein wie zwei Fliegen. Und zur Rechten und zur Linken, auf dem Meer, beim Brunnen und im Pilatus-Schloß warten zehn andere, winzige Jesuskinder darauf, daß grobe Hände ihre kaum sichtbaren Füßchen andächtig drücken. Groß und Leben atmend wie ein Kuheuter bläht sich der Dudelsack im Hausflur, und das ganze Haus erzittert bei den schafsmäßigen Klagelauten... Der Himmel draußen ist sternenklar, aber die Kälte wächst von Stunde zu Stunde. Die Gäste traben durch die Zimmer, schieben die Hände unter die Achselhöhlen und tänzeln wie Pferde, während die Schals wie Schabracken an ihnen herunterbaumeln. Andere – die Familienangehörigen oder die vertrautesten Freunde – drängen sich in die Küche und halten Hände und Gesicht über die dampfenden Töpfe oder in den glühenden Backofen.

»Daß ja alles heiß ist, brennend heiß!« empfehlen einige Stimmen. Endlich ist es soweit! Man setzt sich an den unregelmäßigen Tisch (das Tischtuch bedeckt runde und viereckige Tischchen, die nicht alle die gleiche Höhe haben). In einem letzten Kälteschauer schieben die Gäste ihre Fingerspitzen vor, um den Löffel zu fassen. Eine gewaltige Suppenschüssel, aus der die Schöpfkelle ragt, wird in die Mitte der Tafel gestellt, die Gesichter verschwinden in einer Dampfwolke, und nur noch die Nasen hört man, wie sie die Wärme und die würzigen Düfte einschnüffeln. Die Löffel verschwinden mit ihrem rauchenden Inhalt in den Mündern. »Au, au!« klagen einige und halten die Lippen offen, weil sie nicht wagen, den glühenden Bissen zu kauen. Endlich schlucken sie, die Augen verdrehend, hinunter. »Das reinste Feuer!« sagen sie.

»Hmmm! Wunderbar schmeckt das! Köstlich!«

Allmählich röten sich die Gesichter. »Wisch dir die Nase ab!« mahnen die Frauen leise ihre Männer. Die Wärme wächst, der Wein kocht im Magen...

Giovanni erwachte: »Oh, was bin ich doch für ein Schafskopf!... Was für ein blödsinniger Traum!... Oh, ich Schafskopf!«

Auch Ninetta, die lächelnd eingeschlummert war, wachte auf. »Du, ich hab von Sizilien geträumt!« sagte sie.

In Rom verließen sie den Zug und begaben sich, der Aufforderung dumpf hallender Stimmen folgend, auf den fünften Bahnsteig, wo neben Körben, Schachteln und an den Füßen zusammengebundenen Hühnern der Anschlußzug auf sie wartete. Kinder, deren Gesichtchen aus einer dicken Hülle von Mänteln und Halstüchern hervorlugten, wurden über das Gepäck hinweg zu den Abteilfenstern hineingereicht, von wo einige, nachdem man sie wütend abgeküßt, wieder auf den Bahnsteig zurückkehrten, während andere endgültig im Innern des Waggons verschwanden. Bedauern oder Verlangen trieb die Menschen hin und her; die meisten kehrten, nachdem sie sich fünf oder sechs Schritte entfernt hatten, wieder um, als hätten sie etwas vergessen; man rief sich aus unmittelbarer Nähe mit einer Stimme an, wie sie Schiffbrüchige über die Weite des Meeres senden; man fand sich alle Augenblicke mit freudestrahlendem Lächeln, das gleich wieder in einem Vorwurf erlosch, weil dies oder jenes nicht klappte. Endlich wurde das Zeichen zur Abfahrt gegeben, die Leute fielen einander in die Arme, küßten sich noch einmal schnalzend ab und heulten inbrünstig, zum Steinerweichen.

Giovanni schob Ninetta zum Trittbrett und drängte mit vieler Mühe zwei würdige Matronen zur Seite, die unter der Last ihrer Gemütsbewegung nicht die Kraft zum Einsteigen fanden.

Das Abteil, in das Giovanni und Ninetta gerieten, sah ganz aus wie eine Wohnung, in der seit langer Zeit eine zahlreiche Familie haust: es war, als hätten hier drinnen Vater und Mutter geheiratet, und als sei hier das kleine, gelbgesichtige Kind zur Welt gekommen, das gerade damit beschäftigt war, an einer Brust zu saugen. Menschliche Wärme, Geruch nach menschlichem Leben und menschlicher Liebe durchtränkten selbst das Zeitungsblatt, das zusammengeknüllt beim Fenster liegengeblieben war. Inzwischen stieß das an zwei Stellen umwickelte Bein eines Jungen ein Bündel unter dem Sitz hervor, das sich langsam öffnete und seinen Inhalt, Orangen, sehen ließ; es dauerte nicht lange, so trat ein anderer Junge mit der Ferse darauf, und im Abteil verbreitete sich ein säuerlicher Geruch.

Der Geruch stieg Giovanni belebend in die Nase, er wurde lustig und witzig. Und diese Lustigkeit und diesen Witz verwendete er abermals dazu, seiner Frau boshafte Bemerkungen über die Sizilianer ins Ohr zu flüstern. Er ließ sich über ihre Sitten aus und machte die höchst subtile Bemerkung: »Warum behaupten wir, daß ihre Redeweise unfein ist? Jedes Volk hat seine eigne Weise!... Aber sicher ist es unfein, beim Sprechen den Mund so weit zu öffnen und jeden Vokal mit einem Klagelaut zu begleiten!...«

»Ganz deiner Meinung!« sagte Ninetta bewundernd. »Siehst du, wie gut es dir getan hat, in Mailand mit geistreichen Leuten zu verkehren?«

Giovanni lächelte selbstgefällig und begann seine Reisegefährten zu mustern. Auch sie erwiderten seinen Blick, und er wärmte sich eine Weile an diesen schwarzen, funkelnden und erschrockenen Augen wie an der Glut eines alten Kamins.

So kamen sie zur Meerenge von Messina und sahen, wie im Sonnenglast Bäume und Pflanzen in einer Fülle auf sie zukamen, als habe man die Flora der ganzen Welt auf dieser einzigen Insel zusammengedrängt wie auf den Kais eines Hafens Waren, die von da in alle Weltteile geschickt werden.

Die Reisegesellschaft war eine andre geworden. Bei der Tür saß rauchend eine Ausländerin. Ein paar Frauen aus dem Volk, die im Korridor standen, weil sie in der dritten Klasse keinen Platz gefunden hatten, warfen ihr grimmige Blicke zu: »Das kann ich dir sagen, Gevatterin, wenn ich eine solche mit einem Schnuller in der Schnauze sehe, dann möcht ich ihr am liebsten Feuer unter die Röcke machen und sie zum Teufel schicken!«

»Oh, der Teufel, das ist das Mannsbild!«

»Nein, der Teufel ist Fleisch und Blut vom Weib!«

»Der Teufel ist warm, weil er in der Hölle steckt!«

Neben ihnen saß ein Alter, der alle seine Geschichten mit den Worten begann: »Ich beging die Viecherei...« – »Oh, mein Freund«, brummte er, ich beging die Viecherei, nach Rom zu fahren...« Auch hörte man: »Gleich schwer ist es, einem das Geld abzuknöpfen und die Augen auszureißen!... Wer dir das Brot wegnimmt, dem nimm das Leben!«

Hinter Taormina verdoppelte sich der Reichtum der Vegetation: an der unscheinbarsten Stelle sproßte etwas, das lebendiger und zarter war als ein Ding und weniger schlau als ein Tier. Was auch immer über die Landschaft verstreut lag, blühte mit ihr. Lag dort nicht ein alter Schuh auf der Wiese? Nun, aus seinem Absatz sprossen Margeriten! Und der alte Eimer dort unter dem Zitronenbäumchen: leuchtete aus ihm nicht der rote Mohn?

Wenn das Feuer groß ist, dachte Giovanni, dann glüht alles und jegliches in seiner Flamme! Er zog seine Jacke aus und hob Lippen und Kinn der Sonne entgegen.

»Schön ist es schon hier«, meinte Ninetta, »aber so langweilig!«

»Oh, zum Sterben langweilig!« stimmte Giovanni bei. »Wie soll ein Mensch es hier aushalten?«

Droschkenkutscher, die mit dem Rauch ihrer Pfeife die Fahrgäste einnebeln; Karossen, die sich in den alten Straßenbahngleisen festfahren und bei dem Versuch, wieder flott zu werden, rechts an einen Gemüsekarren und links an ein leeres Faß stoßen, so daß von beiden Seiten ein Hagel von Schimpfworten auf sie niederprasselt: »Wo hast du denn deine Augen gelassen, Dummkopf? ... Zeit, daß unser Herrgott dich zu sich holt!«, worauf der Fahrer, unerschütterlich die Pfeife im Mund nur ein »Hahnrei« zur Antwort hat. – »Verbrecher! Galgenvogel! Entlaufener Galeerensträfling! Die Schnauze schlag ich dir entzwei, du Hurensohn!« So schreit ein dicker Kerl in Richtung eines Mäuerchens. Doch wer ist dort droben? Ein fünfjähriger Knirps, der, in einen viel zu langen Mantel gehüllt, barfuß Balance läuft, jeden Augenblick zum Absprung ins Leere bereit. »Laßt euch nicht zweimal bitten!« ruft der Fischverkäufer hinter seinem Tisch mit der Waage den Vorübergehenden zu. »Rasch, kauft mir noch das letzte Kilo ab, ich muß nach Haus!« In der Metzgerei hebt der Fleischer den Kopf über die Menge hinweg und blinzelt einem zwerghaften, alten Amtsrichter zu, als wolle er ihm bedeuten: »Das Lammfleisch da ist nichts für Sie! Lassen Sie das nur den Einfaltspinseln!« Und bestürzt schleicht der Mann des Gesetzes davon, den nicht unbegründeten Verdacht im Herzen, daß der Fleischer nicht deshalb so freundlich zu ihm war, weil die Ware schlecht ist, sondern weil er die Rechnung vom letzten Monat noch zu bezahlen hat... Und immer diese Manie, dreistöckige Häuser zu errichten, wenn das Geld kaum reicht, das Erdgeschoß auszubauen! Standen da nicht schon wieder neue Gebäude, die nur zu ebener Erde bewohnt waren, und deren leere Fassade im ersten, zweiten und dritten Stock mit Balkons ohne Läden und Geländer majestätisch gen Himmel ragte? Ja, gewiß, ein herrlicher Anblick – die weißen Wölkchen und der azurblaue Himmel als Herren über den Raum, in dem eigentlich der Padrone mit seiner Familie wohnen sollte; aber recht traurig ist es doch auch!... Und die Wagen quietschen, und die Straßenbahn hält vor einem wilden Haufen von Kisten, Stühlen und Tischchen, während der Wagenführer, des nutzlosen Gebimmels müde, aussteigt, um am nahen Brunnen einen Trunk zu tun, nachdem ein graues Eselchen sein tropfendes Maul zurückgezogen und ihm Platz gemacht hat. Und das rosa Licht, die blauen Schatten aller Dinge, die sich bewegen und vorüberkommen: Kisten und Kasten, Ballen, Körbe, Säcke, Bettlaken, Oleanderbüsche, Platanen, Pfefferbäume, Schwefelpacken! Und der ganz eigene Geruch der Maisonne auf der feuchten Straße, auf der die Zitronenschalen und die Salatblätter, von Hunderten von Füßen zertrampelt, unversehens wieder zu grünen und sich aufzurichten beginnen!...

Das war das Bild, das sich Giovanni und Ninetta bot, als sie nach Catania zurückkehrten. Sie hatten die Koffer am Bahnhof gelassen, um so frei und unbeschwert zu sein wie zwei Fremde. Ein Stündchen lang gingen sie spazieren, und die alten Freunde erkannten sie kaum noch wieder. Dann stritten sie mit viel Anmut über die Frage, ob es besser sei, zuerst zu ihr oder zu ihm zu gehen. Eine kleine Münze, der man die Entscheidung überließ, fiel auf die Seite des Königs, und damit war das Los zugunsten von Giovannis Elternhaus gefallen.

Gesagt, getan. Die drei Schwestern hatten die Tür noch nicht ganz aufgemacht, als sie schon losheulten: sie fanden ihren Giovanni so schrecklich abgemagert!

»Ihr seid verrückt!« rief Ninetta, ihre Selbstbeherrschung verlierend. »Es geht ihm glänzend! Er sieht aus wie ein Tennischampion! Er ist ein anderer Mensch geworden!«

»O ja, ein anderer ist er geworden«, schluchzte Barbara, »ein ganz anderer!«

Giovanni lachte gezwungen und sagte immer wieder: »Schluß jetzt, genug!« Und inzwischen sog er die alten Gerüche des Elternhauses ein, und er nahm sie alle wahr und unterschied sie alle, sogar den Geruch der Wolldecken, die im Gang vor seinem Schlafzimmer aufgestapelt lagen für den Fall, daß er nachts fror.

»Na, gebt uns doch endlich etwas zu essen!« befahl er lachend.

»Es wartet schon auf euch!« hauchte Rosa.

Und bald darauf saßen sie um den Tisch und hatten eine wahre Gottesgabe vor sich, welche Teller und Schüsseln füllte und deren Dampf zum Lüster emporstieg.

»Na, eigentlich eß ich ja so was nicht mehr«, verkündete Giovanni. »So frißt das liebe Vieh! Aber für heute will ich die alten Zeiten noch einmal auferstehen lassen!«

Und tatsächlich verschwand die ganze riesige Spaghettiportion, welche die drei Schwestern auf seinen Teller häuften, in den Abgründen seines Innern.

»Ich weiß wirklich nicht, ob mir gut oder übel ist!« meinte er, als er nach getaner Arbeit vom Tische aufstand; das Gefühl eines wohligen Vollseins brachte seine Adern zum Sieden, rauschte in seinen Ohren und öffnete sein Gehirn einer Fülle von Bildern.

»Erinnert ihr euch noch«, fragte er lachend, »wie ich mich früher immer nach dem Essen hinlegte? Das hab ich jetzt ganz überwunden!«

»Dein Bett steht noch an der gleichen Stelle«, sagte Lucia.

»Wir haben es nicht angerührt!« fügte Rosa hinzu.

»Wenn du ein bißchen ruhen willst, brauchst du nur in dein Zimmer zu gehn!«

Giovanni platzte los, als er sah, wie sich Ninetta in den Nagel des Zeigefingers biß.

»Beinahe hätte ich Lust«, meinte er lachend, »auszuprobieren, was mir jetzt das alte Bett noch zu sagen hat!«

»Aber ich bitte dich!« empörte sich Ninetta. »Komm jetzt, wir müssen zu mir nach Haus!«

»Ach, nur ein Minütchen! Ich leg mich nur eben unter die Decken und steh gleich wieder auf. Laß mir diesen Spaß!«

»Schön, tu, was du nicht lassen kannst! Mit dir braucht man schon eine Engelsgeduld! Jedenfalls denk daran, daß meine Eltern uns um drei erwarten!«

»In zehn Minuten ist alles erledigt! Ich werde doch nicht etwa schlafen! Du kannst ganz beruhigt sein!«

Bei diesem »nicht etwa« fuhren die Schwestern herum und schauten sich vielsagend an. Barbara platzte los wie ein Huhn, das den Husten bekommen hat.

»Was gibt's?« fragte Giovanni.

Auch Rosa und Lucia wurde von Lachkrämpfen geschüttelt.

»Oh, nichts! Nichts!« entgegnete Rosa, die, sich die Augen an der Schürze trocknend, als erste wieder zu ihrem Ernst zurückfand. »Wir lachten nur über eine Begebenheit von vorgestern, die sich gerade jetzt in dieser Minute zutrug.«

»Na, mir soll's recht sein!« sagte Giovanni und brummte dann, in die alten Herrschermanieren zurückfallend: »Sind die Läden in meinem Zimmer geschlossen?«

»Fest geschlossen!« schrie Barbara, indem sie mit ihrer alten Demutsmiene vom Stuhl sprang. »Ich sag dir doch: alles ist an seinem alten Platz!«

»Na, dann auf Wiedersehn!«

Und Giovanni verließ das Eßzimmer und durchschritt langsam den alten Flur, der ihn beim Vorübergehen mit den Kanten der Tische, den Stuhlbeinen und den Verzierungen der Armlehnen begrüßte, die hinter weißen, auf eine Schnur gespannten Decken verborgen waren.

Tiefe Dunkelheit herrschte in seinem Schlafzimmer; tastend fand er die altvertrauten Gegenstände, zuletzt den Knopf der Nachttischlampe.

Wer weiß, wie lange die Läden schon nicht mehr aufgemacht worden waren! Aber die Maisonne stahl sich doch durch die Spalten und vermischte ihren Geruch nach feuchten Rosenblättern mit dem der frischen Bettücher.

Giovanni entkleidete sich langsam, hob vorsichtig die Decken, so daß sie eingeschlagen blieben, und schlüpfte dann in die kleine weiche Höhle aus Leintüchern, Wolldecken und Daunenkissen.

»Uhuuu, ist das eine Kälte!« ächzte er, sich ganz zusammenkauernd, bis er seine Füße mit den Händen zu fassen bekam. »Uhuuu! Uhuuu!« Und alte Ausdrücke seiner Freunde kamen ihm wieder in den Sinn: »Roll dich ein! Zieh dich zusammen!«

Es war noch keine Minute vergangen, da öffnete sich unter ihm die Matratze, und sachte versank er zwischen zwei Wogen von Wolle, die sich zu seinen Seiten türmten; die Unterlage blieb, obwohl sie nach einer Weile nicht mehr nachgab, doch immer unbestimmt, warm und rutschig. Das Plumeau umhüllte wie mit zärtlichen Händen seine Knöchel und Knie, und das Laken rutschte ihm sanft über den Mund und zuletzt über die Nase, aber doch nicht so, daß es nicht einen Spalt für die Luft offen ließ, die sich auf diese Weise laulich erwärmte, bevor sie an Giovannis Haut gelangte.

Sein ganzer Körper erwärmte sich allmählich, und von den Fersen her, die er in Mailand immer wie zwei Eisklumpen hinter sich nachgezogen hatte, stieg ihm eine Woge warmen Blutes summend zu Kopf. Er sah die lombardischen Damen wieder vor sich; aber im

Vergleich zu damals schien es, als seien die Bilder seiner Erinnerungen blasse Schatten, und die seiner jetzigen Träume wirklich leibhaftige Frauen. Und was für Frauen ...

Er stöhnte leise vor sich hin, ein wenig Speichel rann auf sein Kissen. Was für ein blendendes Licht strahlte von ihrem Fleisch aus, das die seidenen Unterröcke verhüllten! Wie in aller Welt hatte er nur widerstehen können? Wie hatte er es nur fertiggebracht, nicht hineinzubeißen in diese prallen Beine, diese schlanken Knöchel!... Das Bedürfnis, sich mitzuteilen, kitzelte ihm auf der Zunge: er hätte Muscarà und Scannapieco an seinem Bett haben mögen, wie in vergangenen, schönen Zeiten.

»Uhuuu! Jetzt schlaf ich eine Minute!«

Und er schloß die Augen.

Nach einem kurzen, todähnlichen Schlaf öffnete er sie wieder, erquickt und ausgeruht. Er fand im Dunkeln den Knopf der Klingel und läutete. Barbaras Kopf erschien in der Tür.

»Mach die Läden auf, Schwester!« sagte er.

Die Läden taten sich auf; was aber zu den Fenstern hereinschaute, war die Nacht.

»Was, schon dunkel,« rief er aus.

»Aber gewiß! Es ist acht Uhr!«

»Wie lang hab ich denn geschlafen?«

»Fünf Stunden!«

»Fünf Stunden? Es war wie eine Minute!«

»Ninetta«, erzählte Barbara im Halbdunkel, »hat dich nicht wecken wollen und ist schon zu ihren Eltern vorausgegangen.«

»Solange wir hier in Catania sind«, erklärte er, während er sich auf den Bauch rollte und das Kinn ins warme Kissen grub, »ist's wohl am besten, sie schläft bei sich zu Hause, und ich hier, wie ich's gewohnt war!«

Zafferana Etnea, 1940